KB214433

너를 기억하는 풍경

손홍규 연작소설

너를 기억하는 풍경

펴낸날 2024년 9월 27일

지은이 손홍규
펴낸이 이광호
주간 이근혜
편집 박지현
마케팅 이가은 최지애 허황 남미리 맹정현
제작 강병석
펴낸곳 ㈜문학과지성사
등록번호 제1993-000098호
주소 04034 서울 마포구 잔다리로7길 18 (서교동 377-20)
전화 02)338-7224
팩스 02)323-4180(편집) 02)338-7221(영업)
대표메일 moonji@moonji.com
저작권 문의 copyright@moonji.com
홈페이지 www.moonji.com

© 손홍규, 2024. Printed in Seoul, Korea.

ISBN 978-89-320-4300-5 03810

문학과지성사

손홍규 연작소설

너를
기억하는
풍경

차 례

기찻길을
달리는
자전거

마루 끝에 앉은 수는 마을 앞을 지나는 기차를 바라보았다. 여객열차일 때도 있고 화물열차일 때도 있었으며 아무것도 뒤에 매달지 않은 채 혼자서 가는 기관차일 때도 있었다. 수는 언제 처음으로 기차를 보았는지 생각해보았다. 기억을 더듬어 올라갈수록 모호해졌다. 언제였지. 그때였나. 아니야. 단순하고 쉬워 보였는데 언제 처음 보았는지가 불확실해졌다.

고개를 돌려 수돗가 위에 덩그러니 놓인 확독을 보았다. 어머니는 저 앞에 쭈그리고 앉아 마늘이나 고추를 갈았다. 어머니의 지엄한 명령을 받들어 수도 푯돌을 쥐고 그 앞에 몇 번 쪼그려 앉아본 적이 있으나 하는 도중에 쫓겨나기 일쑤였다.

"사내자식이 이거 하나 제대로 못 하냐?"

이렇게 핀잔을 주며 쫓아내는 건 어머니가 아니라 작은할머니였다. 작은할머니는 인근 마을까지 위세가 자자한 욕쟁이였고 누구도 당신 앞에서는 오금을 펴지 못했다. 수가 무엇을 하든 천 리 밖에서도 훤히 볼 수 있는 사람이기도 했고 마술처럼 느닷없이 나타나 수를 나무라고 질책하고 혼쭐내는 사람이기도 했다.

작은할머니가 머릿속에 떠오르면 마음이 온통 어수선해졌다. 그러나 이번에 수가 떠올린 건 확독은 언제부터 저기 있었을까,라는 물음이었다. 수보다 나이가 많아 보였으니 이 집이 지어진 때부터 그 자리에 있었는지도 몰랐다. 그렇다면 적게 잡아도 40, 50년쯤은 된 거였다.

누나가 자전거를 끌고 마당으로 들어섰다. 누나가 감당하기에는 커 보이는 자전거였다. 중학생이 된 뒤로 누나는 자전거를 타고 통학했다. 그런데도 자전거와 누나는 좀처럼 친해지지 못했다. 서로에게 토라진 것처럼 보였다.

누나가 왔다는 건 윗집의 명호도 왔다는 뜻이었다. 방문은 열리지 않은 채 할머니의 목소리만 새어 나왔다.

"누구 오셨소?"

수는 작은 목소리로 대답했다.

"할머니, 누나예요. 할머니 손녀딸이요."

알아들었는지 잠잠했다. 수는 마루에서 내려와 누나를 스쳐 지나갔다.

"근데 저 확독 말이야!"

누나는 핼쑥한 얼굴을 들고 수를 보았다.

"뭐?"

"확독!"

"그래서?"

"아냐, 명호 형 집에 왔지?"

"내가 알 게 뭐야."

확독 쪽을 힐끔 본 누나의 얼굴에 확 돌아버리겠다는 표정이 떠올랐다. 초등학교 내내 함께 등하교를 했으면서도 중학생이 되어 남녀 반이 갈리자 누나와 명호는 서로 소 닭 보듯 했다. 수는 그게 우스웠다.

오후의 느슨한 햇살이 골목을 기어다녔다. 수는 오랫동안 명호를 형처럼 따랐다. 작은 마을이라 또래 사내아이가 없어 명호도 수를 친동생처럼 챙겨주었다. 수가 보기에 명호는 못하는 게 없었다. 명호는 칼 루이스 못지 않게 잘 달려서 운동회 날 이어달리기 마지막 주자는 당연히 맡아두었다.

3년 전 운동회가 압권이었다. 선두를 달리는 주자와 무려 50여 미터나 차이가 났는데도 마지막 주자였던 명호가 다른 주자를 차례차례 앞지르더니 결승선 앞에서 기어이 선두 주자를 제쳤다. 그때의 짜릿함은 언제까지나 잊을 수 없을 거였다.

키가 큰 편인 명호는 삐쩍 말라 호리호리하다 못해 마른 나뭇가지처럼 건들면 툭 부러질 듯했지만 성격은 다부지면서 고왔다. 실없는 말을 하는 경우가 없었지만 웃음에 인색하지는 않아 인상이 부드러웠다. 키가 크면 싱겁다는 말을 수가 믿지 않는 이유이기도 했다.

명호는 자전거도 무척 잘 탔다. 자전거를 못 타는 아이들은 없었지만 명호만큼 우아하게 타지는 못했다. 안장에 오른 채 균형을 유지하며 누구보다 오래 제자리에 멈출 수 있었고 핸들을 잡지 않은 채 서울이나 평양까지도 달려갈 수 있었다. 곡예를 하듯 앞바퀴와 뒷바퀴를 들어 올리며 그럴듯하게 회전할 수도 있었고 아마 적당한 도약대만 있다면 스키 점프를 하듯 활강하여 누구보다 멀리 날아갈 수도 있을 거였다. 자전거 수리에도 이골이 나서 펑크 난 타이어를 때우거나 체인을 교체하는 것쯤은 식은 죽 먹기였다. 그러나 명호의 얼굴에는 언제나 알 수 없는 그늘이 드리워져 있었다. 유복자로 태어나 아비의 보살핌을 받지 못한 채 성장했기 때문이라고 짐작할 뿐이었다.

수가 유복자라는 말이 무얼 뜻하는지 알게 된 것도 그리 오래되지는 않았다. 그래서인지 명호는 위로 형과 누나가 있었음에도 막내처럼 보이지 않았다. 응석을 받아줄 식구가 달리 없기도 했다. 나이 차가 꽤 많아 대처에 나가 사는 명호의 형과 누나는 명절에만 고향집에 들렀다. 명호의 어머니는 농번기가 아닌 계절이면 방직공장에 다녔다. 새벽부터 집을 나서 밤이 이슥해서야 돌아왔다. 돌아오면 술을 마셨고 잠들 때까지 노래를 불렀다.

노랫소리가 얼마나 청승맞은지 아직 잠들지 않은 사람은 잠들 수 없었고 이미 잠든 사람은 슬픈 꿈을 꾸었다. 바로 옆집에 사는 수의 작은할머니마저 두 손을 든 유일한 사람이었다. 술 마시고 노래 부를 때가 아니라면 다소곳하고 얌전하며 인정이 많아서였다. 물론 작은할머니가 두 손을 들었다 해서 명호의 어머니가 노래 부르는 걸 눈감아주었다는 뜻은 아니었다.

작은할머니는 작은할머니여서 청승맞은 노랫소리가 들려올 때마다 줄기차게 욕을 해댔고 그 일을 그만둔 적은 여태 한 번도 없었다. 명호의 어머니는 김을 매거나 모종을 심거나 모내기를 하거나 작물을 수확하거나 어떤 농사일에도 능숙한 일꾼이어서 여기저기서 찾는 이들이 많았다. 수의 할머니가 치매에 걸리지 않고 멀쩡하던 때에는 명호의 어머니가 할머니 방을 자주 찾아와 머물다 갔다.

언젠가 수는 할머니 엉덩이 옆에서 까무룩 잠들었다가 깨어나 두 어른이 가만가만 나누는 대화를 엿듣기도 했다.

"어린 아들 생각해서라도 술은 그만둬야지."

"아짐…… 저도 그러고 싶어요."

"마음먹어서 못 할 일이 있는가."

"딴마음이 크니까요."

"무슨 마음?"

"처음에는 그 사람이 왜 살아생전에 그토록 술을 좋아했는지 궁금해서 한 잔씩 한 잔씩 마셨는데 그 사람 마음이 알아지니까 이젠 제가 못 끊겠습디다그려."

"이녁이 주정뱅이는 아니라서 다행이지만 속을 상해

서 어쩔꼬."

"이미 상한 속 더 상할 데나 있나요."

어른들이 나직한 목소리로 이야기를 나누면 별말이 아니라 해도 신비롭게 들렸다. 삶의 비밀을 품은 듯했고 어떤 의미에서는 그런 말 자체가 삶의 비밀인 것도 같았다.

눈에 익은 자전거가 명호네 집 마당 끝에 서 있었다. 명호는 마루에 앉아 양푼에 든 밥을 먹고 있었다. 수는 밥을 먹는 명호를 지켜보았다. 수는 명호의 집 살림살이를 자기 집처럼 훤히 알았다. 무엇보다 수는 명호의 방을 좋아했다.

그 작은 방에는 들창이 있었다. 창밖에는 오래된 보리수나무가 있었고 창을 다 가릴 정도여서 깊은 숲에 있는 듯한 기분이 들었다. 거기에는 누나는 별로 읽지 않는 소설책들이 많았는데 수는 전혀 이해하지 못하면서도 그런 책들 가운데 한 권을 꺼내어 들창 앞에 앉아 읽곤 했다. 이해하기는 어려웠지만 명호가 이런 책들을 읽으며 수심이 깊어졌으리라는 것쯤은 알 수 있었다.

들창을 살짝 올리고 받쳐둔 버팀목은 오랫동안 손을 타서 반들거렸다. 버팀목의 기울기 정도에 따라 들창을

원하는 높이로 들어 올릴 수 있었는데 명호는 언제나 한 뼘 높이로 들어 고정해두었다. 그때의 들창은 고개를 숙이고 눈을 내리깐 누군가를 떠올리게 했다. 무슨 말인가를 하려고 살짝 눈을 치켜뜨기 직전의 가지런한 속눈썹 같은 것 말이다.

그 방에는 누구의 간섭도 받지 않고 드나들 수 있는 문과 쪽마루가 있었다. 문을 열면 흙담이 눈에 들어왔고 그 아래 철 따라 피고 지는 꽃들이 있어 어느 절간 요사 채의 한 칸 방처럼 고즈넉했다. 그런 방에서 홀로 지내다 보면 명호처럼 될 수밖에 없으리라는 생각이 들곤 했다. 깊은 밤 술에 취한 어머니가 부르는 노랫소리를 들으며 명호는 얼마나 자주 고개를 돌려 들창 밖을 응시했을까. 불을 끄고 누운 채 보리수 나뭇가지 사이로 보이는 하늘과 그 하늘에 박힌 별들을 헤아리면서 무슨 생각을 했을까.

"할머니는 어떠셔?"

명호가 다 먹은 양푼을 들고 부엌으로 가며 물었다.

"맨날 그렇지 뭐."

수는 무심한 듯 대답했다. 명호는 물을 마시고 마루로 돌아와 수의 옆에 앉았다.

"내가 그 말 했던가?"

"무슨 말?"

"네 할머니가 밤중에 여기 오셨던 거 말이야."

며칠 전의 일이라고 했다. 깊은 밤이었다. 명호는 뒤숭숭한 꿈을 꾸다 깨어났다. 사위는 고요했고 들리는 거라곤 잠든 어머니의 곤한 숨소리와 저 깊은 산속에서 우는 소쩍새 울음뿐이었다. 쪽마루 쪽 방문을 열고 나가려던 명호는 맞은편 흙담에서 어른거리는 형체를 보고 흠칫했다. 귀신일 거라는 생각은 들지 않았다. 이토록 깊은 밤에 무슨 사연이 있어 아무도 모르게 담장 너머를 살피는지가 궁금할 뿐이었다.

명호는 숨죽인 채 수의 할머니를 지켜보았다. 아무 말이 없던 노인이 이윽고 깊은 한숨을 내쉬었다.

"그러더니 담장을 따라 이 앞을 지나 마당을 가로질러 너희 집 쪽으로 가셨어."

수는 고개를 끄덕였다. 할머니가 가끔 그렇게 돌아다니는 걸 알고 있어서였다.

"너희 작은집이잖아. 거길 왜 몰래 넘겨다보신 걸까."

수의 대답을 바라는 건 아닌 듯했다.

"이리 와볼래?"

수는 명호를 따라 헛간으로 갔다.

명호는 한구석에 있던 자루를 끌어냈다. 자루에서 자그락자그락 소리가 났다.

"이거 가질래?"

수는 머뭇거렸다. 자루에는 다양한 무늬가 깃든 유리구슬이 가득했다.

"너한테 주고 싶었어."

수는 고개를 끄덕였다.

"근데 형은 이제 필요 없어?"

명호는 살풋 웃기만 했다. 명호는 방에 있는 책들 중에서도 원하는 걸 주겠다고 했다.

"아무거나 갖고 싶은 거 가져가."

수는 그 방에 있는 소설책을 다 갖고 싶었지만 왠지 그래서는 안 될 것 같았다.

"이거면 돼."

수가 고른 책은 도스토옙스키의 소설이었다. 가난한 젊은이가 악랄한 노인을 죽이고 죄책감에 사로잡혀 괴로워한다는 이야기였다.

"괜찮으니까 더 골라봐."

수는 두꺼운 책을 가슴에 안은 채 명호를 올려다보았다.

"형, 진짜야?"

명호가 고개를 끄덕였다.

"정말 이사 가는 거야?"

"응. 그래 봐야 바로 아랫동네잖아."

말은 그렇게 했지만 정작 먼 곳으로 떠나는 사람처럼 구는 건 명호였다. 다시는 못 볼 사람이라도 되듯.

"작은아버지 댁이 이사를 가셨거든. 빈집으로 남겨두느니 거기에 와서 사는 게 어떠냐고 했대."

명호는 어깨를 으쓱했다. 수는 그게 서운했다. 어른들이 결정한 일이라 어쩔 수는 없겠지만 명호만은 싫다는 기색을 내비치기를 바랐다. 명호는 명호라서 담담하기 이를 데 없었다.

수는 명호가 어느 집으로 이사를 가는지 알았다. 아랫마을은 기찻길을 사이에 두고 위아래로 나뉘어 있어 사실 서로 다른 두 마을이라 해도 될 정도였다. 야트막한 산을 등지고 집들이 옹기종기 모여 앉아 기찻길을 내려다보는 곳을 윗가티라 불렀고, 철둑 아래 너른 평야가 시작되는 들머리에 자리 잡은 곳을 아랫가티라고 불렀다.

명호네가 이사하게 될 집은 아랫가티에 있었다. 윗가

티와 아랫가티를 이어주는 건 철교 아래 난 다리였다. 거기로 개울이 흘러 다리가 놓인 거였다. 수의 집에서도 멀리 내다보이는 그 철교는 조무래기들이 담력을 시험하는 장소이기도 했다. 수는 한 번도 철교를 건너본 적이 없었고 명호도 그럴 거였다. 수는 철교를 올려다보기만 해도 오금이 저려 엄두도 내지 않았지만 명호는 그런 일 자체에 아무런 흥미를 느끼지 못할 거였다.

수와 명호는 쪽마루에 앉아 흙담을 바라보았다. 담 너머 수의 작은집 뒤뜰에 선 목련나무에 피어난 꽃들이 오후의 햇살을 받아 차분하게 반짝였다. 이처럼 나란히 앉아 한가롭게 각자의 생각에 잠긴 채로도 친동기간처럼 정답기만 했던 시간은 이제 더는 없을 테고 오랜 세월이 흐르면 그런 기억조차 희미해져 가슴 한구석에 아련한 느낌으로만 남게 될지도 몰랐다.

수는 언제 처음으로 기차를 보았는지를 생각했듯이 명호를 처음 보았던 날을 떠올리려 애썼다. 언제였지. 그때였나. 아니야. 이내 그런 생각은 그만두기로 마음먹었다.

"이런 부탁 해서 미안한데…… 이거 네 누나한테 전해줄 수 있겠어?"

수는 명호의 손에 들린 편지를 물끄러미 보았다.

"싫어. 형이 직접 줘."

"그럴 틈이 없었어. 다른 애들 눈에 띄어서 괜히 오해라도 사면 네 누나가 얼마나 길길이 날뛸지 너도 잘 알잖아."

"그래도 싫어."

흔한 규격 봉투는 아니었다. 손안에 쏙 들어올 정도의 크기로 봄날 하늘처럼 옅은 푸른빛 봉투였다. 어지러울 때 올려다본 하늘처럼 봉투가 흔들렸다. 작은할머니가 작은할아버지에게 욕을 퍼붓는 소리가 흙담을 넘어왔다. 마음이 어딘가로 기울었다. 수는 명호의 손에서 봉투를 낚아챘다.

"알았어. 내가 줄게. 그리고 이거 고마워, 형"

수는 책을 펼쳐 갈피에 편지를 끼운 뒤 가슴에 다시 안았다. 구슬 자루는 어깨에 걸치고 일어났다.

명호가 이사를 간 뒤로도 수는 가끔 빈집에 들러 작은방 쪽마루에 앉아 하릴없이 시간을 보냈다. 오래되고 낡았어도 사람이 살던 때에는 그런 느낌을 받지 못했는데 빈집이 되고 나니 그 집이 얼마나 허름했는지 눈에 보였다. 비록 살림살이 하나 없이 휑뎅그렁할지라도 거기에 깃들었던 아늑함마저 완전히 가신 것은 아니어서 을씨년스럽지는 않았다.

사람은 가고 없지만 여기저기에 피어난 풀꽃과 뒤란의 보리수나무며 길게 자란 참죽나무는 의연했다. 빈집이 된 지 얼마 안 되어서인지도 모르겠으나 빈집은 빈집이 아니었다. 언젠가 책에서 그런 글을 읽은 것도 같았다. 비어 있다는 건 비어 있음으로 충만한 상태라고. 가만히 앉았노라면 명호의 어머니가 부르는 노랫소리가 들리는 듯했고 자전거를 타고 신작로를 달리는 명호가 보이는 듯했다.

이사를 하루 앞둔 저녁이었다. 명호의 어머니가 멀쩡한 얼굴로 수의 집을 찾아왔다. 수의 부모와 한참 이야기를 나눈 명호의 어머니는 마루에 올라 할머니 방문 앞에 다소곳이 앉았다.

"아짐, 저 왔어요."

방문이 열렸다.

"뉘시오?"

"명호 엄마요."

"뉘신지 모르겠지만 누추한 곳을 다 찾아주시니 고맙

22

소.”

“웬걸요. 저를 알아보지 못하셔도 따뜻하게 맞아주시니 제가 감사하지요.”

수는 절로 나오려는 웃음을 참느라 인상을 찌푸려야 했다.

“아짐…… 저, 가요. 내일 아랫마을로 이사 가요.”

“복 받으셨구려.”

“나고 자란 친정보다 오랜 세월을 보낸 집이라 그런지 마음이 허전해요. 가져갈 거 다 챙기니 그제야 알겠더라고요. 가져갈 수 없는 것도 있다는 걸요.”

“……”

“아짐이 저한테는 은인이에요. 어려울 때 믿고 의지할 수 있는 아짐이 있어서 참 행복했어요.”

“힘들어도 참고 견뎌야지 다시는 그러지 마시오.”

“……”

명호의 어머니는 한참을 소리 죽여 울다가 돌아갔다. 수의 할머니는 방문을 열어둔 채 어두운 마당을 오랫동안 지켜보았다. 할머니는 그냥 어두운 마당을 내다보았을 뿐이지만 수는 당신이 삶의 비밀을 보고 있는 거라는 생각이 들었다. 할머니가 문득 수를 돌아보았다.

"죽었다가 살아온 사람 본 적 있냐?"

수는 고개를 저었다.

"왜 다들 한번 죽으면 되돌아오질 않는지 아냐?······ 거기가 좋아서들 그런단다. 얼마나 좋은지 수천수만 년 동안 한 사람도 돌아오질 않았어."

수는 좀 섬뜩한 기분이었다. 방금 떠난 사람을 죽은 사람 혹은 죽을 사람 취급하는 듯해서였다. 할머니는 나직한 목소리로 조근조근 말했다.

"한번 가면 다들 안 와. 뭐가 그리들 좋은지 다들 안 와. 아무리 기다려도 안 와. 온다고 약속해놓고도 안 와. 가는 사람은 붙잡을 수 없는 법이야. 붙잡으려면······ 뒤따라가야 해. 캄캄하고 두려운 길로 나서야지. 안 그러냐?"

할머니의 이야기는 신념에 따라 노인을 죽였으나 끝내 죄책감에 시달리는 젊은이를 다룬 이야기처럼 알쏭달쏭했지만 수는 고개를 끄덕였다.

흙담 너머에서 중얼거리는 소리가 들려왔다. 그 목소리의 주인은 작은할머니일 게 뻔했다. 여느 때와 다른 점이 있다면 욕을 하는 대신 누군가를 달래듯 다정한 목소리로 말한다는 점이었다.

수는 귀를 기울였다. 흙담에 가려 보이지는 않았지만 작은할머니가 뒤뜰에 떨어진 목련꽃을 주워 들고 그 꽃에 대고 말한다는 걸 알 수 있었다. 그 탓에 작은할머니가 아닐 거라는 의심이 생겨나기도 했으나 익숙한 목소리였기에 부정할 수도 없었다. 수는 작은할머니가 너무 욕을 해대는 바람에 잠깐 정신이 나간 거라고 믿었다.

이윽고 작은할머니가 부엌 뒷문으로 들어가는 소리가 났고 부엌 앞문을 통해 마당 쪽으로 나가 닭들을 괴롭히는 누렁개에게 부지깽이를 휘두르며 욕하는 소리가 들려왔다. 왠지 모르게 안도가 되었다.

누나가 수를 찾는 소리가 들렸다. 수는 누나의 화가 풀릴 때까지는 눈에 띄지 않는 곳에 있을 생각이었다. 학교에 가려면 아랫마을을 지나야 했다. 누나의 등굣길도 마찬가지였다. 다만 초등학교는 기찻길 옆길을 따라 계속 가야 했고 중학교는 명호의 집 앞을 지나 경지정리가 된 논들을 끼고 난 농로를 따라가야 했다. 다른 길도 없지는 않았지만 그 길이 가장 빨랐다.

수는 일부러 철교 아래를 지나 명호네 집 앞을 거쳐 아랫가티를 빙 에둘러 가곤 했다. 혹시라도 명호를 볼 수 있을까 싶어서 그랬지만 막상 먼발치로 명호가 보이면 발길을 돌렸다. 그건 수로서도 알 수 없는 일이었다. 아무것도 모르는 누나는 그 길을 따라 학교에 갔고 누나가 지나가면 얼마 안 되어 자전거를 탄 명호가 집에서 나와 그 길로 갔다.

중학교에 다니는 내내 누나와 명호는 별로 대화를 나누지 않았고 같은 길을 다니면서도 아는 체를 하지 않았다. 누나는 자전거만이 아니라 명호에게도 토라져 있는 것 같았고 이유가 너무 많을 것이므로 진짜 이유가 무엇인지는 알 수 없었다.

며칠 전 수는 아랫마을에 사는 동급생과 함께 하교했다. 그 친구의 집에는 세계문학전집이 있어서 수는 애원하다시피 하면서 한 권씩 빌려다 읽었다. 기찻길 옆을 따라 걸었다. 친구네 집은 기찻길이 내려다보이는 윗가티에 있었다.

그날도 책 한 권을 빌려 나오는데 친구가 수를 불렀다. 친구의 얼굴에는 호기심을 꾹 억눌렀지만 도저히 참을 수 없는 지경이 되었을 때의 표정이 떠올랐다. 뭔가 마려운 사람처럼 말이다.

"근데 너희 누나랑 명호 형이 사귀는 사이야?"

수는 명호처럼 어깨를 으쓱했다.

"나야 관심도 없지만 서로 사귄다면 벌써 소문났을걸."

"소문났던데."

친구는 명호가 그 동네 고등학생들에게 시달림을 받고 있다는 걸 알려주었다. 처음에는 그저 텃세를 부리면서 한마을에 살게 된 후배를 휘어잡으려는 건 줄 알았는데 그것만이 아니라는 거였다.

"벌 키우는 집 알지? 그 집 사는 찬우 형이 성격이 지랄 맞고 괴팍한데 유독 명호 형을 못 잡아먹어 안달이라더라. 너희 누나 뒤꽁무니 졸졸 따라다니지 말라고 윽박지르면서……"

"그래서?"

"겁쟁이나 여자 쫓아다니는 거라며 놀리고 철교를 건너가라 했대."

생각해보니 명호는 누나의 뒤꽁무니만 쫓아다녔다. 수의 눈에 그렇게 보였다면 다른 사람의 눈에도 그렇게 보이는 게 당연했다. 수는 철교 아래를 지나면서 습관처럼 그 위를 올려다보았다. 까마득히 높아 보였다. 올려다보는 것만으로도 헛발을 딛는 기분이 들고 몸이 절로 휘청거렸다. 낙하물 방지를 위한 녹슨 쇳빛의 구조물이 있다지만 수는 침목과 침목 사이의 텅 빈 공간에 발이

쑥 빠져드는 생각에서 벗어나지 못했다. 차라리 죽으면 죽었지 결코 저길 건너가지는 못할 것 같았다.

친구가 전해준 말에 따르면 명호는 철교를 건너지 않았다. 무서워서가 아니라 강요에 의해서는 건널 수 없다면서 거부했다고 한다. 고등학생 선배들은 기가 차서 헛웃음만 흘렸고 겁쟁이 새끼가 변명이 많다며 어디 가서 우리 동네에 산다는 이야기는 하지 말라고, 그런 말 했다간 가만두지 않겠노라 단단히 을렀다고 한다.

사실 그들 중에도 철교를 직접 건너본 사람은 없을 거였다. 그들이야말로 허풍쟁이에 겁쟁이였지만 명호가 윗동네에서 이사 왔다는 이유로 얕잡아 보는 거였다. 수는 명호를 만나면 묻고 싶었다. 이사 간 걸 후회하지 않느냐고. 물론 명호는 어깨를 으쓱하며 이런 일은 어른들의 결정이라 후회하고 말고 할 게 없다고 답하겠지만 그래도 묻고 싶었다. 지금까지 잘해준 이유가 누나 때문이었냐고.

수가 느낀 감정은 배신감이었지만 명호가 무얼 배신한 거냐고 묻는다면 달리 대답할 말이 없었다. 뚜렷하지는 않아도 명호에게 의탁했던 무언가를 돌려받고 싶었다. 수가 준 적 없으나 명호가 가져가버렸고 명호가 가져가지 않았음에도 수가 건네준 적 있는 그걸.

수가 고개를 들어보니 누나가 있었다. 잽싸게 도망가려 했지만 귀를 붙잡히고 말았다.

"너 내 동생 맞아? 누나가 자빠져서 아파하고 있는데 놀리고 도망가?"

"누나인 줄 몰랐다니까."

"처음에는 그렇다 쳐도 나중에는 알았잖아."

"이렇게 될까 봐 도망친 거지."

누나는 수의 귀를 비틀었다.

"그리고 너 똑바로 말해. 명호한테 뭐 받은 거 있어?"

"그런 거 없어."

"근데 왜 걔가 나만 보면 할 말 없냐고 묻는 거야?"

"그걸 내가 어떻게 알아."

"너한테 물어보면 알 거라고 하니까 그러지."

"난 몰라. 아무것도 몰라."

작은할머니의 욕설이 흙담을 넘어왔다.

"저 작것은 지 동생 못 잡아먹어서 환장했나. 툭하면 귀를 비틀고 배를 꼬집고. 계집이 그렇게 드세니 팔자도 드세지, 쯧쯧. 하여간 어린것들이 왜 빈집에서 떠들고

지랄이냐, 응? 너희도 거기서 목매달아볼래? 그 집 안방
에서 과부댁이 목매달아 죽으려고 했던 건 아냐?"

누나는 얼굴이 하얗게 질려서 수의 귀를 놓아주었다.
수는 작은할머니 덕분에 누나에게 놓여나긴 했으나 고
맙지는 않았다. 누나는 작은할머니에게 뭐라 말대꾸를
하려다 그만두었다. 누나의 머릿속에 할머니가 떠올라
서였다는 걸 수도 알았다.

수의 할머니와 작은할머니는 말하자면 동서 간인데
사이가 좋은 편은 아니었다. 할머니는 수더분하고 차분
한 데 비해 작은할머니는 기가 세고 누구한테도 지고 싶
지 않아 하는 성격이었다. 그런 성격의 차이가 두 사람
사이를 조금씩 드티게 했고 언제부턴가 서로 섞일 수 없
는 사이가 되고 말았다.

수의 할아버지가 돌아가신 뒤부터는 동서 지간이 여
느 이웃만도 못한 사이가 되고 말았다. 그렇다고 특별히
서로 험담을 하거나 으르렁거리는 건 아니었다. 그럴 수
밖에 없는 건 비록 두 노인의 사이가 정답지 못하다 해도
사촌들끼리의 우애까지 막을 수는 없는 노릇이어서였다.

시간이 지나면서 작은할머니는 점점 고립되었는데 두

집의 자녀들이 장성해서 집을 나가 결혼을 하고 아이를 낳고 나이를 먹어갔기 때문이었다. 게다가 작은할머니는 대처에서 일가를 이루어 사는 당신의 큰아들 내외와 한평생 싸우는 중이었다. 작은할머니의 큰며느리가 나타나면 동네 사람들 모두 긴장할 만큼 고부간의 갈등이 치열한 데다가 두 사람 다 누구한테 지고는 못 사는 성미라 맞닥뜨리기만 하면 불꽃이 튀었다. 그 탓에 작은할머니를 모시고 사는 막내 당숙과 당숙모의 고충이 이만저만이 아니었고 막내 당숙모는 수의 어머니를 몰래 찾아와 눈물을 쏟으며 하소연하기 일쑤였다.

수의 할머니가 치매에 걸린 뒤로는 작은할머니의 얼굴에 화색이 돌았다. 마침내 하늘이 당신에게 보상을 내려주었다고 믿는 듯했다.

"얌전한 척 조신한 척 온갖 좋은 소리는 혼자 듣고, 나는 여시 같은 년 호랭이 물어갈 년 배은망덕한 년이라 욕먹게 하더니 먼저 가시는구려. 멀리 안 나가오. 먼 길 잘 가시오."

이런 식이었다. 말만으로 따지자면 악에 받친 듯하지만 평소의 욕설과 비교하면 차라리 덕담에 가깝다 할 만큼 처연한 구석도 없지 않았다.

수에 비해 작은할머니의 욕을 한참 더 들으며 살아온 누나는 웬만한 욕에는 이골이 나서 평정심을 잃지 않았지만 계집이 어쩌고저쩌고하는 욕에는 전보다 더 발끈했다. 작은할머니는 그런 누나를 보며 맹랑하다고 혀를 차며 낄낄댔는데 어쩌면 그런 반응을 즐기기 위해 부러 그러는 듯도 했다.

　수는 화끈거리는 귀를 문지르고는 누나에게 물었다.

　"그런데 누나, 작은할머니는 언제부터 욕쟁이가 된 거야?"

　누나가 수를 물끄러미 내려다보았다.

　"내가 어떻게 알아. 날 때부터 그랬겠지."

　"세상에 날 때부터 그런 사람이 어디 있어?"

　"이 조그만 게!"

　누나가 주먹을 쥐고 을러대자 수가 새침한 목소리로 말했다.

　"자꾸 그러면 나도 저기다 목매달아 칵 죽어버릴 거야."

　"넌 거기 올라가지도 못할걸."

　"할 수 있어."

　"못 해."

그렇게 오후가 저물었다.

그날 밤 수는 할머니에게 물었다. 명호의 어머니한테
무슨 일이 있었던 거냐고. 할머니는 왜 그런 게 알고 싶
냐고 되물었다. 수도 대답하는 대신 다시 물었다. 명호
의 어머니가 험한 꼴이었던 걸 할머니가 발견해서 구해
준 게 사실이냐고. 할머니는 고개를 저었다.

"구해준 건 내가 맞다만 처음 발견한 건 내가 아니라
느이 작은할머니였단다."

"작은할머니가요?"

"얼굴이 하얗게 질려서 달려왔는데 그때는 집에 남정
네가 한 명도 없었지. 말을 못 하고 더듬거리고 금방이
라도 쓰러질 것 같길래 숭늉 한 그릇 주고 기다렸다. 물
한 모금 삼키고 말을 하긴 했는데 누가 죽어간다는 뜻이
라는 것만 겨우 알아들었지. 느낌이 이상해서 윗집으로
달려 올라갔어. 가보니 그렇더구나. 다행히 대들보가 아
니라 시렁에 매달린 덕분에 목숨을 구할 수가 있었어."

"시렁이었다고요?"

"그래, 대들보는 조금 높으니까 어려웠던지 시렁에 그
랬더구나."

할머니는 부엌으로 가서 냉수를 떠 와 입에 머금었다가 죽어가는 이의 얼굴에 뿌려주었다. 팔과 다리를 주물러주고 가슴을 문질러주니 차츰 피가 돌면서 정신이 돌아왔다. 눈을 뜨고 했던 말이 잊히지 않는다고 했다. 여기가 어디요? 그러고도 한참을 횡설수설하더니 통곡했다고 한다. 화인처럼 붉은 금을 목에 안은 채로.

"느이 작은할머니는 안방 문 앞에 주저앉아 있었지. 무서워서 가까이 오지는 못했지만 거길 떠나지 않고 끝까지 지켜보았어. 내가 뒤돌아보니 아우가 이런 눈길로 나를 보더구나."

그러면서 할머니는 수의 얼굴 가까이 당신의 얼굴을 들이댔다. 수는 할머니의 눈에 새겨진 눈부처를 보았다.

"형님, 이런 게 삶이란 말이오. 이렇게까지 해서 살아야 한단 말이오…… 이렇게라도 해서 살아야 한단 말이오. 그렇게 묻는 눈길 말이다."

"그때부터 작은할머니가 욕쟁이가 된 거예요?"

할머니는 미소 지으며 고개를 저었다.

봄이 무르익었고 농번기가 찾아왔다. 초등학교와 중학교 모두 농번기 방학을 맞았다. 모내기 철이어서 들판

곳곳의 무논들이 성글긴 해도 푸릇푸릇한 볏논으로 바뀌어갔다.

그즈음부터 할머니의 치매 증상이 악화되었다. 수의 부모는 할머니를 모시고 몇 차례 병원에 다녀왔지만 달리 치료법이 있는 것도 아니었다. 할머니는 점점 쇠약해졌다. 어른들은 농사일에 바쁜 터라 할머니를 살피는 건 언제나 그랬듯이 수의 일이 되었다.

수는 할머니와 함께 있는 게 싫지 않았다. 할머니는 사람을 잘 알아보지 못했고 가끔 정신이 들긴 해도 당신이 처한 상황을 납득하지 못해 오히려 그 순간이 더 혼란스러운 것처럼 보였다. 농번기엔 다들 농사일로 바빠 일이 끝나기 무섭게 고단한 몸을 이끌고 집으로 돌아가 잠을 청할 것 같지만 꼭 그런 것만은 아니었다. 새참 먹는 자리를 지나는 누구라도 손이 붙잡혀 끌려와서는 일꾼들과 더불어 앉아 국수를 먹으며 이야기꽃을 피웠고, 모내기를 한 집에서 그날의 일꾼과 일꾼의 식솔들에게 저녁을 대접하기에 밤이면 잔칫날처럼 흥청거리기 마련이었다.

수의 집이 모내기를 하던 날에는 명호의 어머니도 일꾼으로 왔고 그날 저녁에는 먼 걸음을 마다하지 않고 찾아와 저녁 식사를 했다. 자리가 부족해 마당의 평상에 상을 내고 전등을 밝혀서 정말 잔칫날이라도 된 것 같았다. 해가 질 무렵부터 바람이 잦아들어 봄밤은 아늑하기 이를 데 없었다.

수는 명호를 기다렸지만 명호는 오지 않았다. 심부름을 하느라 바빴던 수는 누나가 사라진 걸 뒤늦게 알아챘다. 술기운이 오른 명호의 어머니는 수의 할머니를 붙잡고 무슨 이야기인가를 끝없이 했고 할머니는 고개를 조아리며 공손하게 듣고 있었다. 이따금 작은할머니가 퍼붓는 욕설이 마당을 쩌렁쩌렁 울렸다. 흥겨운 밤이었다. 누군가 뒤통수를 때려 돌아보니 누나였다. 하루 종일 집을 지키며 음식을 장만하는 어머니를 돕고 누나의 잔소리에 시달렸던 수는 버럭 화가 났다.

"넌 죄를 지었으니까 벌을 받아야 해."

"내가 무슨 죄를 지었는데."

"그건 네가 더 잘 알겠지."

"난 몰라."

"모르면 명호한테 물어봐."

"명호 형이 왔어?"

"아줌마 데리러 왔대."

누나는 턱짓으로 빈집 쪽을 가리켰다.

빈집에 가보니 명호가 귀신처럼 마루에 앉아 있었다. 어두운데도 명호는 고개를 똑바로 들지 못했다. 수는 명호 옆에 앉았지만 전혀 모르는 사람 옆에 앉은 것처럼 마음이 불편했다. 겨우 두어 달이 지났을 뿐인데 서먹하기 그지없었다. 명호가 어렵사리 말문을 열었다.

"내가 부탁한 거 누나한테 안 줬어?"

수는 고개를 끄덕였다. 명호는 나무라지 않았고 한숨을 내쉬지도 않았다. 모든 걸 이해한다는 듯한 명호의 태도가 수의 조바심을 부채질했다. 수는 명호를 만나면 묻고 싶었던 걸 지금 말해야 한다고 느꼈다. 그렇지 않으면 영영 기회가 없을 것 같았다.

"형, 형이 나한테 잘해줬던 이유가 누나 때문이었어?"

명호가 고개를 돌려 수를 바라보았다. 멍이라도 들었는지 명호 얼굴의 광대뼈 부근이 거뭇했다.

"진수야, 난 막내야. 형과 누나가 있지만 나이 차도 많고 딴 데 살아서 살갑지가 않아. 넌…… 내 동생 같았어. 진짜 동생 말이야. 네 누나하고는 아무 상관 없어. 네가 아프면 내 마음도 아팠고 네가 웃으면 나도 즐거웠어.

내 쓸쓸한 방에 찾아와 들창 앞에 앉아 책을 읽는 너를 보면 마음이 고요해졌어. 여기 이 빈집을 봐. 그토록 오랫동안 살았던 집인데 두어 달 만에 이렇게 됐잖아. 그러니까 사실은 오래전부터 이랬던 거야. 난 항상 외로웠고 까닭 없이 두려웠어. 아니, 왜 외롭고 두려운지 잘 알았지만 잘 알기 때문에 모른 척했던 거야. 그런 나를 너는 이해했잖아. 내가 우리 어머니를 얼마나 좋아하고 미워하는지."

수는 명호의 이야기를 듣고 있었을 뿐인데 어른이 되어버린 기분이 들었다. 그때까지 어른들의 나직한 이야기를 들으면서 미약하게 감지했던 삶의 비밀 같은 게 꽃향기를 담은 밤공기가 콧속으로 와락 밀려 들어오는 순간처럼 수를 덮쳐왔다. 수를 아이 취급하지 않는 명호야말로 정말 어른인 듯했고 언젠가 때가 되면 수도 이런 이야기를 누군가에게 들려줄 수 있게 되기를 바랐다.

저녁 식사 자리가 끝나가고 있었다. 술을 곁들인 식사를 마치고 두런두런 이야기를 나누던 사람들이 뿔뿔이 흩어지면서 나누는 인사말들이 5월의 늦밤을 가득 채웠다.

"이제 가야겠다. 어머니가 술에 좀 취하셨거든."

명호는 어둠 속에서 자전거를 끌고 내려갔다. 수는 명

호 옆으로 달려갔다.

"이사 갔다 해도 형은 우리 동네 사람이야. 그깟 놈들한테 왜 기가 죽어?"

명호의 이가 희게 드러났다.

"누가 남매 아니랄까 봐. 누나랑 똑같은 말을 하네."

"별로 듣기 좋은 소리는 아닌걸."

"싫어도 인정해야 돼. 너희 남매는 너희 할머니를 닮았으니까."

"그게 무슨 말이야?"

"네 할머니가 우리 엄마 구해준 건 알지? 네 할머니가 말이야, 번쩍 뛰어서 시렁을 붙잡고 마구 흔들어대서 시렁이 무너졌기 때문에 우리 엄마가 살아난 거야. 대단한 분이야."

명호는 자전거 짐받이에 제 어머니를 태웠다. 명호의 어머니는 아들의 허리를 두 손으로 꼭 붙잡았다. 이미 무슨 노래인가를 부르고 있었다.

"형, 그럼 왜 우리 누나 뒤꽁무니만 졸졸 쫓아다녔어?"

명호가 수줍게 웃었다.

"그건…… 네 누나가 자전거를 오죽 못 타니까 걱정되

어서 뒤만 쫓아간 거지. 그런데 나 보란 듯이 여태 한 번
도 자빠지지 않고 잘만 가더라."

자전거가 기우뚱했다. 명호는 자세를 바로잡더니 고
개를 돌려 수를 보았다.

"해가 질 때 철교 쪽을 봐."

"언제?"

"아무 때나. 네가 보면 내가 있을 거고 내가 있을 때 네
가 보게 될 거야."

명호 어머니의 노랫소리가 점점 멀어졌고 이내 들리
지 않게 되었음에도 수는 여전히 듣고 있었다. 수는 처
음으로 그런 생각이 들었다. 명호의 어머니가 술에 취해
잠들어야 했던 이유는 날마다 시렁을 올려다볼 수밖에
없어서였고 노래를 불렀던 이유는 시렁과 화해하기 위
해서였을 거라고.

할머니는 가끔 사라졌지만 멀쩡하게 돌아왔기 때문에
수는 크게 걱정하지 않았다. 치매에 걸린 노인들이 어떤
지를 지겹도록 들었다. 이 마을 저 마을 어딜 가나 치매
노인이 몇 명씩은 있게 마련이고 그중에는 여전히 옛사
람들이 그랬던 것처럼 무당을 불러 굿을 하는 집들도 있

었다. 소문으로 들은 치매 노인과 비교하면 할머니는 얌전하게 이 병을 견디는 중이었다.

다만 걱정스러운 건 허약해진 터라 삐끗하면 넘어져 다칠 수도 있다는 거였다. 학교에서 돌아오는 길에 수는 아랫마을 친구에게 물었다.

"너, 『죄와 벌』 읽어봤어?"

친구는 한심하다는 눈빛으로 수를 보았다.

"무슨 내용인지는 아는데 그걸 진짜로 읽는 사람도 있어?"

"뭐, 어딘가는."

"앞에 몇 장 읽다 말았어. 소름 끼치던데."

친구는 추운 날 오줌을 누고 난 뒤처럼 몸을 부르르 떨었다.

"그렇지. 그런 걸 어떻게 읽어. 나중에도 나는 못 읽을 것 같아."

"여간 독한 놈이 아니고는 못 읽을 거야."

수는 빌려 가고 싶은 책이 있었기 때문에 고개를 주억거리며 맞장구쳐주었다. 책을 빌리고 돌아서는데 친구가 예의 그 눈빛으로 물었다.

"근데 그 소문 진짜야?"

"무슨 소문."

"너 치매인 할머니와 이야기한다며. 아무도 못 알아듣는데 너만 무슨 말인지 다 알아듣고."

"그럴 리가."

"그렇다던데."

"그냥 한방에 오래 살아서 할머니가 무슨 말을 하고 싶어 하는지, 뭘 원하는지 짐작이 되는 거야."

"눈치가 빠르다는 거네."

수는 그런 소문이 싫지는 않았다. 할머니에 대해서라면 누구보다 잘 안다고 믿었다. 그러나 수가 결코 알아듣거나 이해하지 못한 말과 행동도 있었다.

어느 날 할머니는 서랍장을 열어 무언가를 찾았다.

"할머니, 뭐 찾아요?"

그 질문에 웃기만 했다.

"여기 어딘가에 있을 텐데 말이다."

할머니가 찾아낸 건 그리 크지 않은 얇은 이불이었다. 수의 어머니는 수와 누나를 키울 때 쓰던 강보라고 했다. 할머니는 낡고 해진 강보에 오래전 수가 잃어버렸다고 믿은 곰 인형까지 어디선가 찾아내 얌전하게 눕힌 뒤

잘 여며주었다. 할머니는 그걸 안은 채 아기를 어르듯 자울자울 흔들었고 곰이 잠들었는지는 모르겠으나 당신은 이내 스르르 잠에 빠져들곤 했다.

할머니가 모로 누우면 수는 강보를 한쪽으로 밀어놓고 할머니 옆에 누웠다. 그러면 아버지가 들어와 잠든 할머니 팔뚝에 주삿바늘을 꽂았다. 영양제를 주입하는 거라고 했다. 비쩍 마른 할머니의 팔뚝에 푸르스름한 꽃이 한가득 피어났다. 할머니는 거의 숨소리조차 없이 잤기 때문에 수는 손가락을 할머니 코끝에 대보거나 귀를 가슴에 대보는 식으로 당신에게 무슨 일이 일어나지 않았다는 걸 확인했다.

흔히 노인의 냄새라고 하는 게 할머니에게도 있었지만 수는 개의치 않았다. 그 냄새가 불러일으키는 기억들이 밝고 달콤하고 간지러워서였다. 부모님이나 다른 어른들이 할머니 이야기를 할 때면 자신들도 모르게 목소리를 낮춘다는 걸 수와 누나는 알았다. 그게 무얼 뜻하는지도 알았지만 그런 일에 어떤 식으로 반응해야 하는지는 몰랐다. 어쩌면 누나는 알았겠지만 수는 몰랐다.

아침에 눈을 뜨면 할머니 품속이었다. 고개를 들면 할머니와 눈이 마주쳤다.

"더 자거라."

"다 잤어요."

치매 걸린 노인이 무슨 일을 하든 보통은 치매 탓으로 여겨 대수롭지 않게 받아들였지만 곰 인형을 싼 강보를 품에 안고 동네를 돌아다니는 것까지 모른 체하기란 쉽지 않았다.

"할머니, 옛날로 돌아가고 싶으세요? 젊었던 때로요."

할머니는 고개를 저었다. 작은할머니는 동서 형님의 이상행동을 치매기가 완연히 무르익어 숨만 쉴 뿐이지 귀신이나 다름없다는 증거로 여겼다.

"에구 형님, 늘그막에 이게 무슨 꼴이오. 차라리 칠성판에 누워 염불 듣는 신세가 낫지. 남사스럽고 우세스러워서 내가 다 민망하외다. 어디 가시든 꼭 먼저 자리 잡아놓고 기다리시오. 나는 한 30년쯤 더 알차게 놀다가 따라갈 테니."

햇살이 따사롭다 못해 초여름 대낮처럼 환하게 부려지던 날 오후였다. 수는 한 번으로는 성이 차지 않아 명호가 준 책을 들고 빈집을 찾아갔다. 그 책을 읽고 있노라면 정말 독한 놈이 된 기분이 들었다. 빈집은 이제 여축 없이 빈집이 되었고 마당이며 담 아래 풀들이 무성하게 자랐다. 수가 낫으로 좀 베어냈는데도 돌아서면 금세 자라 그처럼 우거졌다.

아무래도 예전 같을 수는 없었지만 명호의 방 앞 쪽마루는 엉덩이로 문질러대는 바람에 반질반질해진 태가 그대로여서 먼지만 쓱쓱 닦아내면 윤이 났다. 읽으면 읽을수록 죄지은 자들이 자청해서 벌을 받기 위해 읽는 책이라는 생각이 들었다. 라스콜니코프가 소냐를 만나는 대목이었다. 유리구슬이 든 자루를 들어 올릴 때처럼 자그락자그락 소리가 났고 고개를 들어보니 강보를 품에 안은 할머니가 다가오고 있었다.

목련꽃은 오래전에 다 졌고 가지마다 잎사귀가 돋아 온통 푸르렀다. 그 아래서 작은할머니가 야무지게 여물지 못한 딸기를 타박하는 소리가 들려왔다. 할머니는 강보를 안은 채 흙담을 넘겨다보았고 이내 조용한 목소리로 작은할머니를 불렀다.

"이보게, 아우."

작은할머니가 깜짝 놀라며 욕설을 내뱉었다.

"정신이 나갔어도 곱게 나가야지 사람 간 떨어지게!"

할머니는 강보를 내려다보았다.

"자네 마음고생이 많네. 이 아이는 무사하네. 내가 데려왔어."

"그게 무슨 말이오?"

"이 아이가 상희야."

"······상희라니?"

"볼거리 앓던 아이 말일세."

"볼거리 앓던 아이가 한둘이오? 형님 둘째도 셋째도 볼거리로 보내지 않았소."

"나야 하도 많이 앞세워서 기억에도 없네. 큰애만 어렴풋이 기억에 있지."

"하긴 나도 그러니까. 그 애가······ 그럼 형님 애가 아니라 내 아이란 말이오?"

할머니가 고개를 끄덕였다.

"나 대신 지금까지 그 아이를 안고 살아오셨단 말이오?"

"내가 죄스러워서 그러네. 자네 아픈 거 다 알면서도 변변히 위로도 못 해주고 자네가 모진 마음 먹을까 봐 모른 척한 게 한이 되었네."

"병신 육갑한다더니 누가 그러라고 했소? 왜 까맣게 잊은 일을 상기시킨단 말이오."

수는 읽던 책을 덮었다. 앞으로 수가 어떤 소설을 읽

게 될지 알 수 없으나 어떤 소설을 읽더라도 소설이 재현하는 삶은 진짜 삶의 반도 되지 못하리라는 걸 어렴풋이 깨달았다.

아무리 지독하고 신랄하고 가슴 아픈 이야기일지라도 이 낡은 흙담을 사이에 두고 두 노인네가 나누는 대화에 담긴 사연을 담아낼 수 있는 책은 존재하지 못하리라는 걸. 정신 나간 노인네의 말을 어떻게 멀쩡한 언어로 옮길 수 있을 것이며 아직은 멀쩡하지만 머지않아 정신이 나갈 게 분명한 노인네의 욕설을 어떻게 다정한 눈물로 옮길 수 있단 말인가.

토요일 아침에 눈을 뜬 수는 할머니가 없다는 걸 알았다. 수는 몸을 반쯤 덮은 얇은 이불에서 빠져나오며 두 눈을 문질렀다. 발치에 걸린 강보를 보며 잠든 사이에 무슨 일이 있었는지를 헤아렸다. 작은할머니는 신작로에 서 있었다. 오래도록 서 있었다. 할머니를 태운 트럭이 사라진 곳에서 눈을 떼지 못한 채 온종일이라도 그럴 것처럼 서 있었다. 그날 오후 할머니는 돌아왔지만 숨만 붙어 있을 뿐 이미 저세상으로 간 것이나 마찬가지였다. 임종을 집에서 치르기 위해 모시고 왔을 뿐이었다.

명호의 말을 떠올린 수는 집을 나가 철교가 한눈에 보이는 쪽으로 갔다. 그쪽은 서쪽이어서 저 멀리 노을로 물든 하늘이 겹쳐 기이하게 아름다웠다. 철교의 북쪽 끝에 자전거를 끌고 한 사람이 나타났다. 철길에 다른 사람은 없었지만 어디에서나 철교가 보이므로 그 순간 철교 쪽을 본 사람이라면 누구나 알아챘을 거였다.

　수는 눈을 감았다. 명호가 눈앞에 보였다. 명호는 오른쪽 레일에 자전거를 올렸다. 심호흡을 한 뒤 가뿐하게 안장에 올라앉았다. 자전거는 약간 흔들리기는 했지만 넘어지거나 레일에서 떨어지지는 않았다. 명호는 페달을 밟은 발에 조심스레 힘을 주었다. 자전거가 레일을 따라 천천히 달려갔다.

　어딘가에서 지켜보고 있을 누나의 투덜대는 목소리가 들려왔다. 바람이 잦아들었다. 자전거를 탄 사람이 그러는 것인지 사람을 태운 자전거가 그러는 것인지 모르게 사람과 자전거는 하나가 되어 철교 위로 들어섰다. 열꽃이 번진 하늘에 신비로운 궤적을 남기며 달려갔다.

　아마도 자전거를 타고 레일 위를 따라 철교를 건넌 첫 번째 사람일 테고 이 일은 오래도록 많은 이의 기억에 남아 부풀고 부풀어 아무도 믿지 않을 만큼 거대한 소문이 될 거였다. 어쨌거나 명호는 이로써 완벽하게 아랫마을 사람이 된 셈이었다.

할머니의 장례를 치르는 내내 수는 여전히 죽음을 어떻게 받아들여야 할지 몰라 허둥거렸다. 출상하던 날 아침이었다. 상여꾼들이 상여를 메고 요령을 울리며 신작로로 나섰다. 더는 상여가 보이지 않을 때까지 섰던 작은할머니가 말했다.

"어디 가시든 꼭 먼저 자리 잡아놓고 기다리시오. 나는 한 30년쯤 더 알차게 놀다가 따라갈 테니."

시간이 흐른 뒤 많은 이들이 말했다. 동서에 대한 원한이 아무리 깊다 해도 출상하는 날 꼭 그런 식으로 악담을 해야 성이 풀리겠냐고. 참으로 욕쟁이 할머니답다고. 그러나 수는 그런 말을 믿지 않았다. 대신 누군가의 뒷모습을 오래 바라보는 이들은 미워해서는 안 되는 거라고 믿었다.

마루 끝에 앉은 수는 마을 앞을 지나는 기차를 바라보았다. 수는 언제 처음으로 기차를 보았는지 생각해보았다.

기억이 났다. 아직 어린 누나가 일 나간 부모님을 대신해 수를 포대기로 감싸 업고 야트막한 담장 위에 올라

저 앞을 지나는 기차를 바라보았다. 누나가 손가락으로 기차를 가리키며 일러주었다. 진수야, 저게 기차야. 뭐라고? 기차라고. 그래 기차. 넌 오늘을 기억할 수 있을까. 누나의 목소리를 떠올린 수는 가슴이 뿌듯해졌으나 이내 마음이 어수선해지고 말았다.

"저 작것은 지 동생 못 잡아먹어서 환장했나. 거기가 어디라고 처올라가냐. 어여 안 내려오냐!"

어느 날
대숲에서

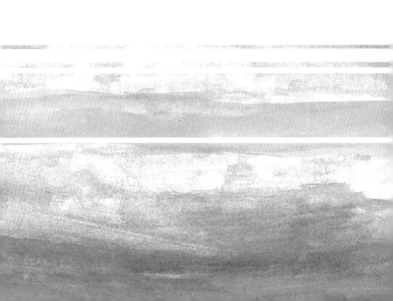

준은 눈에 띄는 아이가 아니었다. 한 번 보아서는 잊어버릴 수밖에 없는 아이였다. 두 번 세 번 보아도 기억이 나지 않고 네 번 다섯 번 보아도 이전에 본 적 있는지 고개를 갸웃 기울이게 되는 아이였다. 학교에서도 내내 그랬다. 담임 선생이든 반장이든 무언가를 할 때 준을 셈에 넣지 않아 낭패를 겪기 일쑤였다.

속상한 일이었지만 그런 일이 반복되자 준도 무심해졌다. 학년이 올라가고 교실이 바뀌고 급우가 달라져도 준은 한결같이 없는 아이 취급을 받았다. 무시당하거나 따돌림을 당한 건 아니었다. 준은 책걸상처럼, 칠판처럼, 교단처럼…… 고요했다. 두드리면 소리가 났지만 스스로는 아무 소리도 내지 않았다. 출석을 확인할 때 이름이 불리어 반드시 대답해야 하는 때가 아니면 준의 목소리가 교실에 울리는 경우란 거의 없었다.

준은 언제나 선생들의 지시를 공손히 따랐고 친구들의 말에도 순순히 고개를 끄덕였다. 공부를 잘하는 편도 아니었고 운동에 재능이 있지도 않았다. 잘하지도 못하지도 않았다. 뭐든 중간쯤 했다. 등교하면 있는 듯 없는 듯 자리를 지키다가 가는 듯 마는 듯 하교했다. 누구든 준을 두고 이야기를 나눈다면 가장 자주 듣거나 하게 될 말은 "몰라"일 수밖에 없었다. "현준이 갔어?" "몰라." "현준이는 한대?" "몰라." "현준이 어디 있어?" "몰라…… 몰라."

그런 대화를 나누다가 바로 옆에 준이 있다는 걸 깨닫고 놀라기도 했다. 준은 사물처럼 얌전했고 그림자처럼 어디에든 드리워질 수 있는 아이였다. 그래서 아무도 준을 눈여겨보지 않았다.

해마다 늦가을에 이르면 학교 소사가 교실에 난로와 연통을 설치하러 다녔고 갈탄 창고의 문도 활짝 열렸다. 연탄공장의 트럭이 도착하면 재미 삼아 갈탄 한 알을 훔

쳐내려고 아이들이 그 주변을 얼쩡거렸다. 연탄공장에서 일하는 사람들은 정말 새까만지 궁금해서 그러는 아이들도 있었다. 트럭 운전석에서 내린 사내는 과연 얼굴이 새까맣고 작업복도 더러웠다. 조수석에서 내린 사내는 그와 달리 젊은 데다 얼굴도 허여멀겠고 작업복도 깨끗한 편이었다.

새까만 사내가 준의 아버지였고 희멀건 사내는 기타를 잘 치는 영택이었다. 영택은 왼쪽 다리를 살금 절었지만 삽질은 씩씩하게 잘했다. 트럭이 몇 번 오가면 갈탄 창고가 가득 채워졌다. 마지막에는 갈탄이 아닌 연탄을 싣고 왔다. 숙직실 옆 비가림막이 설치된 보관소에 연탄을 부려놓으면 끝이었다. 숙직실의 연탄보일러와 교장실이나 교무실의 연탄난로에 사용할 것들이었다.

준은 곧장 하교하지 않고 아버지와 영택이 일을 마칠 때까지 기다렸다가 트럭을 타고 함께 돌아갔다. "저기 트럭에 탄 거 현준이 아냐?" "몰라." 하루 종일 갈탄과 연탄을 나른 두 사람의 몸에서는 희미한 땀내가 났다. 준은 그 냄새가 싫지 않았다. 익숙해서 그런 건지도 몰랐다. 해마다 이처럼 한 번씩 아버지의 연탄 트럭을 타고 하교하는 날, 그날 하루가 준에게는 소중했다.

지극히 평범한 준도 잘하는 일이 하나 있었다. 아주 잘하는 건 아니지만 중간보다 나은 평가를 받는 일이 있었다. 글쓰기였다. 글을 써서 내면 최우수상까지는 아니라 해도 우수상이나 장려상은 곧잘 받았다. 준은 문예반에서 활동했다. 지도교사가 지정해준 책을 읽거나 독후감을 쓰는 것 외엔 딱히 활동이랄 것도 없었지만. 지도교사는 준의 담임인 적이 없었기에 준을 잘 몰랐다. 맡은 학년도 매년 달랐다. 그래도 일주일에 한 번씩 특별활동 시간마다 보았건만 준이 문예반원인 걸 여전히 몰랐다. 어딘가 낯선 곳에서 마주쳤을 때 준이 꾸벅 인사라도 하면 떨떠름한 얼굴로 그냥 지나쳐 갈 게 분명했다. "아는 애야?" "몰라."

준은 특별활동 시간이 즐거웠다. 지도교사가 글감을 주며 글을 쓰라고 하면 준은 가만히 눈을 감았다. 눈을 감으면 눈으로 볼 수 없는 것들이 보였다. 나머지 감각들도 수런거리며 깨어났다. 무엇보다 귀가 밝아졌다. 녹음된 소리가 재생되듯 준이 알고 있는 거라면 어떤 소리든 선명하게 들려왔다. 떠올리기만 하면 됐다.

간이역을 앞두고 기차가 속도를 늦출 때만 들을 수 있는 소리와 석탄을 싣고 온 화물열차가 본선에서 측선으로 이동할 때의 마찰음을, 연탄공장에서 석탄을 분쇄하고 선별하는 기계들이 내는 소리와 윤전기가 연탄을 찍어내는 소리도 지금 듣는 것처럼 들을 수 있었다. 바람이 대숲을 지나가면 실바람이라 할지라도 쇄쇄 소리가 났는데 댓잎들이 내는 서걱이는 소리가 함석지붕 아래서 듣는 빗소리처럼 크게 울렸다.

눈을 감은 준은 소리로 그림을 그렸다. 눈앞에서 보듯 간이역과 연탄공장과 서쪽 하늘과 기찻길에 피어오르던 아지랑이며 허공에 휘날리는 무수한 깃발들을. 준은 눈을 감은 채로도 짐칸에 연탄을 가득 싣고 공장을 빠져나와 분탄에 뒤덮인 더러운 도로를 달리는 트럭을 볼 수 있었다. 운전대를 잡은 아버지와 차창 밖을 무심한 눈길로 바라보는 영택도. 들일을 하는 어머니도. 그리고…… 선도 보았다.

대부분의 경우 선의 목소리는 준이 기억해낸 게 아니었다. 실제로 바로 옆에서 들렸으니까. 누가 뭘 쓰는지 확인하며 일일이 참견하는 선의 목소리가 말이다. 준은 떠들썩한 곳에서도 선의 목소리를 분명히 구분해낼 수 있었다.

선의 집은 역전 슈퍼였다. 준의 집에서 그다지 멀지

않은 곳이었다. 준은 학교를 오갈 때마다 역전 슈퍼를 지나쳤다. 여름이면 슈퍼 앞 평상에 앉아 아이스크림을 먹기도 했다. 연탄공장 노동자들이 건네준 막걸리를 받아 마신 적도 있었다. 거기가 불편하지 않았던 건 선이 있어서이기도 했다. 막걸리 한 모금에 붉은 물감을 적신 커다란 붓이 쓸고 지나간 것처럼 준의 얼굴이 벌게졌을 때 사탕을 내민 것도 선이었다.

오빠만 넷인 선은 따분한 건 질색인 아이였다. 간이역 열차 시간표를 줄줄이 외웠고 선로원의 노래를 선로원보다 구성지게 불렀다. 역장과 역무원, 연탄공장 노동자들 모두가 선을 아꼈다. 무뚝뚝한 준의 아버지도 선에게는 살가웠다. 선은 여느 아이들처럼 햇볕에 그을린 작은 여자아이였을 뿐인데도 보는 사람 누구나 마음이 즐거워지는 아이기도 했다. 수업 시간에 선이 장난을 치거나 떠들어도 선생들은 야단치지 않았다. 빙긋 웃고 넘어가는 게 예사였다. 준도 마찬가지였다. 선을 보면 까닭 없이 기분이 좋았다. 울적한 날에는 일부러 역전 슈퍼 앞을 찾아가 괜히 꾸물대기도 했다.

수많은 소리가 밀려왔다가 스르르 사라지면 글을 쓸 준비가 된 거였다. 준이 무얼 어떻게 쓸지 마음의 결정을 내리고 눈을 뜨면 으레 코앞에 수의 얼굴이 보였다. 수가 자주 하는 장난이었다.

수는 간이역에서 철길을 따라 남쪽으로 가면 볼 수 있는 마을에 살았다. 한두 학년 같은 반으로 지냈지만 친하다고는 할 수 없었다. 문고판 세계 명작을 들고 다니며 문학 소년이라도 된 듯 허세를 부리는 녀석이었다. 하루빨리 어른이 되고 싶어 안달 난 녀석처럼 보였다. 남쪽 기찻길 주변에 사는 아이들은 철교를 건넌 아이를 가장 용감하다고 치켜세웠다.

준은 그게 우스웠다. 철교를 왜 건널까. 떨어져서 죽을 수도 있는데. 사람은 날개가 없잖아. 수가 준에게 맨 처음 건넨 말도 그랬다.

"너 철교 건너본 적 있어?"

"아니."

"하긴 넌 역전 마을에 살지? 거기 애들은 겁쟁이잖아."

"응, 맞아. 우리 동네에는 철교가 없어."

수는 인상을 찌푸리며 고개를 기울였다. 준의 수긍을 어떻게 받아들여야 할지 모르겠다는 표정으로.

이태 전 문예반원이 된 뒤로는 눈을 감고 소리에 빠져드는 준 앞에 얼굴을 들이대곤 했다. 그러면 문예반 교실 어딘가에서 앙칼진 목소리가 수를 향해 날아오게 마련이었다.

"야, 박진수! 현준이 괴롭히면 가만두지 않는다고 했지?"

그러면 수도 넉살스럽게 대꾸했다.

"야, 이혜선! 소리치면 가만두지 않는다고 했지?"

"따라 하지 마!"

"너나 따라 하지 마!"

이런 식으로 티격태격하다 언제 그랬냐는 듯 웃음을 터뜨리곤 했다. 그런데 지난가을 연탄 트럭이 갈탄과 연탄을 싣고 왔던 날에는 좀 달랐다. 수가 선을 향해서가 아니라 준을 향해서 이기죽거렸다.

"연탄공장 근처에 사는 애들은 온몸이 새까맣다지? 너는 거기도 새까맣겠네!"

선이 던진 필통이 수의 뒤통수에 맞고 바닥에 떨어졌다. 선이 허릿장을 지른 채 수를 노려보았다.

"좀생이 같은 자식아! 우리 집 앞이 연탄공장이거든. 그렇게 궁금하면 새까만지 와서 한번 볼래?"

아마도 그때부터였을 거다. 누구를 진짜로 미워해본 적 없는 준의 마음속에서 낯선 감정이 생겨났다.

그날 하교를 하던 준은 날마다 오간 길이 낯설기 짝이 없었다. 낯설다니 뭔가 이상했다. 그럴 수가 없는 길이었다. 차 두 대가 겨우 비켜 지날 정도의 넓지 않은 길이었고 양쪽으로 하수도가 있었다. 방직공장에서 흘러나온 폐수 탓에 늘 고약한 냄새가 피어올랐다. 길 양옆으로 늘어선 집들은 한겨울만 아니라면 문을 활짝 열어놓고 살았다. 문 앞이 바로 하수도인 셈이었는데 거기다 설거지물을 쏟고 요강을 비웠다.

살림집만 있는 게 아니었다. 방앗간, 오락실, 자전거포, 정육점, 분식집, 철물점, 전파사, 구멍가게, 농협 공판장과 연쇄점도 있었다. 네거리 갈림길에는 얼마나 오래됐는지 알 수 없는 커다란 느티나무와 마을 노인들의 쉼터인 정자가 있었고 그 옆으로는 지붕에 구멍이 뚫린 채 방치된 기와집도 있었다. 마룻바닥에도 그런 구멍이 있어서 사람들은 용이 승천한 구멍이라고들 했는데 그 말을 믿는 아이들도 있었다. 개천을 건너는 다리에 이를 때까지 길 양옆으로 그렇게 집들이 즐비하게 늘어섰다.

준은 야릇하게 북적이는 길을 걸을 때마다 장날 어머니를 따라 시내 구경을 할 때처럼 가슴이 두근거렸다.

그 길에서 듣는 소리는 준이 집에서 듣는 소리와는 퍽 달랐지만 묘하게 가슴을 간질였다. 그리고 그 길로 연탄 공장 트럭이며 방직공장 트럭들이 오갔다. 반대쪽 마을 입구에서 1번 국도와 만나기 때문이었다. 국도를 굽어 보는 산허리로는 고속도로가 지났다. 밤이면 고속도로를 달리는 차들의 불빛이 준의 집에서도 보였는데, 준은 마을 앞을 지나는 여객열차의 차창에서 흘러나오는 불빛을 더 좋아했다. 기차를 타고 가는 사람들이 훤히 보여서였다.

길을 걸으며 준은 이 낯선 감정이 어디에서 생겨났는지를 헤아렸다. 개천을 건너는 두 다리 가운데 저 위쪽 무넘깃둑을 작은 다리라 불렀고 차들이 오갈 수 있는 이 다리를 큰 다리라고 불렀는데, 준은 큰 다리를 건너면서 발밑만 보고 가다가 하마터면 개천으로 떨어질 뻔했다. 폭이 좁고 난간이 없는 다리여서 차 한 대만 들어서면 어른이고 아이고 다리를 건너던 사람 누구나 위태롭게 가장자리에 서 있어야 했고 종종 추락 사고가 일어났으니 준도 언젠가 한 번쯤은 다리 아래로 떨어질지 몰랐다.

놀란 가슴을 진정시키려 숨을 크게 들이쉬고 내쉰 준은 방금까지 자신을 사로잡은 생각이 무엇이었는지를 잠깐 까먹었다. 그러나 이내 슬픔이라 하기도 노여움이라 하기도 뭐한 감정이 생생하게 떠올랐고 다리를 다 건넌 뒤에는 다리를 건너기 전과 마찬가지 상태가 되었다.

거기서부터 간이역까지는 근처에 연탄공장이 있다는 걸 모를 수 없을 만큼 더러웠다. 그 길 양옆의 집들은 문을 활짝 열어놓는 법이 없었다. 집들도 드문드문 이어졌다. 연탄공장으로 들어가는 길목부터는 아예 집이 없었다. 연탄공장 쪽은 기다란 담장이 이어졌고 반대쪽은 논이었다. 담장 너머 저탄장에 쌓인 무연탄의 산이 보였다. 거기서부터는 공기도 달랐다. 눈에 보이지 않을 만큼 작은 분탄이 섞여서였다. 때로는 눈에 보이기도 했다. 거센 바람이 불거나 분탄이 어딘가에 내려앉아 쌓이거나 흰 빨래 따위에 들러붙을 때였다. 기다란 담장을 따라 걸으면 그 끝에 차 한 대가 되돌아 나올 수 있을 만큼의 작은 마당을 거느린 간이역이 있었다. 역전 슈퍼도 있었다.

준은 역전 슈퍼 앞에서 잠깐 머뭇거렸다. 선의 목소리가 들리는 듯했다. 슈퍼 뒤쪽 슬레이트 지붕을 인 살림집에서 선은 벌써 가방을 마루에 던져놓고 세수를 하거나 간식을 먹고 있을지도 몰랐다. 준은 아무 소리도 들지 못했다.

포장도로는 거기가 끝이었다. 기찻길이 지나는 작은 굴다리 쪽으로 난 황톳길에 접어든 준은 여전히 혼란스러웠다. 만추였고 하늘은 끝이 없었다. 굴다리 아래를 지나면 길은 다시 나뉘었다. 준은 깻다리라 부르는 방향으로 들어섰다.

산자락 사이로 논과 밭과 저수지가 있는 곳이었다. 마을 입구 대숲을 지나 만나는 첫번째 집이 준의 집이었다. 바람이 별로 없는데도 대숲에서는 여전히 솨솨 소리가 났다. 준은 발걸음을 멈추고 눈을 감았다. 마르고 작고 까만 아이가 늦가을 하늘을 머리에 인 채 대숲에서 들려오는지 제 가슴속에서 들려오는지 모를 소리에 귀를 기울였다.

눈을 뜬 준은 슬픔을 밀어내듯 눈물을 떨구기 위해 다시 살짝 감았다. 준은 알 것 같았다. 수가 미워서가 아니라는 걸. 사실은 아빠가 부끄러워서라는 걸. 아, 내가 아빠를……

집은 텅 비어 있었다. 어머니도 아버지도 없었다. 집에서 키우는 닭과 개와 소 들도 조용했다. 대숲이 굽어

보는 마당 한가운데를 지나는 빨랫줄과 그 줄이 늘어지지 않도록 지탱해주는 바지랑대만이 가만히 건들거릴 뿐이었다. 준은 가방을 내려놓고 곁채의 쪽마루에 앉아 대숲을 바라보았다. 여름방학이 끝날 무렵의 일을 떠올렸다.

가을부터 연탄공장은 바빠졌다. 아버지에게도 비교적 한가한 날은 다 지난 셈이었다. 그래서인지 어디선가 술을 잔뜩 마시고 돌아왔다. 아버지가 역전 슈퍼에서 막걸리를 받아 오라고 했다. 준은 빈 주전자를 들고 어둑해지는 길을 걸어갔다.

주전자에 술을 따라준 건 선의 어머니였다. 선의 어머니는 마침 저녁 식사 중이니 밥이나 먹고 가라며 준을 슈퍼 뒤쪽으로 이끌었다. 선의 식구들은 마루 위 밥상에 둘러앉아 있었다. 준은 밥이 코로 들어가는지 입으로 들어가는지 모른 채 몇 숟가락을 떴다.

"현준이 너도 그렇고 우리 혜선이도 그렇고 벌써 내년이면 상급생이다. 6학년이란 말이다. 더욱 의젓해지고 공부도 열심히 해서 부모님 욕보이지 말아야 한다."

선의 아버지는 근엄하게 훈계했고 준은 기어들어 가는 목소리로 대답하며 고개를 끄덕였다. 선은 혀를 쑥

내밀기는 했지만 별다른 말은 없었다. 상을 물리기 전에
선의 어머니가 혀를 찼다.

"현준이랑 이렇게 볼 날도 얼마 없겠구나."

선이 무슨 말이냐고 물었다.

"현준이네 집은 깻다리에 가까워서 시내 쪽 중학교로
배정받을 테니 말이다."

선이 숟가락을 탁 내려놓고 준을 보았다.

"참말이야? 너 중학교는 시내로 가는 거야?"

"나도 잘 몰라."

"그럼…… 우린 서로 다른 중학교로 가는 거네. 엄마,
나도 시내로 중학교 가면 안 돼?"

선의 부모는 웃기만 했다. 한 번도 생각해본 적이 없
는 일이었던지라 준도 속으로는 놀랐지만 티를 내지는
않았다.

준은 주전자를 품에 안고 어두워진 길을 되짚어갔다.
상행선 열차가 간이역으로 들어서고 있었다. 기관차의
전조등이 대숲을 비추었다. 집은 고요했지만 평온한 고
요는 아니었다. 그렇게 느낀 이유는 안방에 불이 켜져
있지 않아서였다. 왜 늦었는지 변명할 말들을 고르면서
마루에 주전자를 내려놓으니 안방 문이 열렸다.

"가서 엄마 찾아와라."

"엄마요?"

"그래, 가서 찾아와."

어디 가서 찾아야 하느냐고 묻지는 않았다. 처음이 아니었다. 지난봄에도 그랬다. 그때 어머니는 외양간 옆 쇠죽을 쑤는 솥이 걸린 한뎃부엌에 있었다. 연탄을 보관하는 곳이기도 했다. 준이 집 밖을 얼쩡거리다 돌아오니 어머니가 거기에서 나오는 거였다. 그때만 해도 준은 아버지가 왜 어머니를 찾아오라고 했는지를 알지 못했다. 그러나 이번에는 느낌이 좀 달랐다. 어느 집 들일에 불려간 어머니는 준이 역전 슈퍼에 다녀오는 동안 아마도 그 집에서 저녁을 먹고 돌아왔을 거였다. 그런 어머니가 가긴 어딜 간단 말인가.

준은 건성으로 집 뒤란을 돌아 곁채를 지나고 헛간과 칫간과 닭장을 둘러본 뒤 외양간 옆 한뎃부엌을 들여다보았다. 어두웠다. 어둠에 눈이 익기를 기다렸지만 어둠은 좀처럼 가시지 않았다. 슬며시 눈을 감았다. 어머니의 기척은 들리지 않았다. 분명히 여기에 있을 거라 믿었기에 마음이 어수선해졌다.

준은 마당을 가로질러 대문을 나섰다. 대숲이 쏴쏴 소

리를 냈다. 어두운 길 여기저기를 돌아다녔다. 어머니가 들일을 도운 마을 안쪽 집까지 가보았다. 차마 묻지는 못하고 대문 틈으로 들여다보았다. 어머니는 보이지 않았다. 개들이 짖어댔고 어디선가 아기 우는 소리도 들려왔다.

대숲을 한 바퀴 에둘러 돌아올 생각으로 집 뒤쪽으로 갔다. 그날은 여름이 저무는 때였지만 아무리 밤이라 해도 시원하다고 말할 정도는 아니어서 목덜미에 땀이 맺혔다. 어두운 곳을 살피면서 대숲을 한 바퀴 돌자 하행선 기차가 간이역으로 다가오는 소리가 들렸다. 기관차의 불빛이 대숲을 잠시 향하자 대나무와 대나무 사이를 통과하며 댓살처럼 잘게 쪼개진 빛이 준의 얼굴을 훑고 지나갔다. 준은 무언가를 느꼈다. 울창한 숲에 웅크리고 앉은 누군가 가느다랗게 늘켜 우는 소리를. 준은 대숲으로 성큼 들어갔다. 짙푸른 어둠 속이 무서웠지만 그보다 무서운 게 준의 등을 떠밀었다. 한 발 한 발 대숲의 중심을 향해 다가가자 소리가 그쳤다. 저 앞에 웅크리고 앉은 사람이 있었다. 어둠 속의 어둠 같았다. 준은 물었다. 엄마…… 조금 뒤 준은 한 발 한 발 대숲의 가장자리를 향해 물러났다.

누구를 진짜로 미워해본 적 없는 준의 마음속에서 낯선 감정이 생겨나고 그 감정의 정체를 마침내 깨달았던 날은 늦가을의 어느 날이었다. 갈탄과 연탄을 학교 창고와 숙직실에 부려놓기 위해 왔던 아버지의 일이 끝나기를 기다리지 않고 혼자 돌아온 날이기도 했다. 해마다 했던 일을 처음으로 하지 않은 날이었고 익숙했던 모든 것이 낯설기만 하던 날이었다.

　세월이 흐른 뒤에도 준은 그날을 잊지 않았다. 모든 것이 처음이었던 날. 다시 태어났다기보다 방금 태어난 것처럼 혼란스럽고, 그냥 혼란스러운 게 아니라 깊은 슬픔이 무엇인지 알아버린 듯한 기분이 들었던 날. 내 것인데도 내 것인 줄 몰랐던 감정이 내 것임을 알게 된 날이었다. 적어도 그때부터…… 어머니를 찾으러 돌아다니다 집에 돌아왔을 때 한뎃부엌에서 나오던 어머니를 보았던 그때부터 생겨났던 게 분명하고, 어쩌면 아주 오래전부터 가슴에 고여왔을지도 모를 노여움이 마침내 아버지에 대한 두려움을 아랑곳하지 않아도 될 만큼 자라고야 말았음을 알게 된 날이었다.

　고요한 늦가을 오후에 곁채의 쪽마루에 앉아 대숲을

바라보면서 아버지를 미워해도 되는 건지를 자문하기 시작한 준은 가을이 물러가고 겨울이 되어 눈이 내려 쌓였다가 녹아 사라지기를 반복하면서 해가 바뀌어 겨울방학이 끝날 때까지도 여전히 그 질문에 사로잡혀 있었다.

6학년의 새 학급을 배정받아 등교하던 첫날부터 아이들은 준이 전과는 다르다는 걸 깨달았지만 대체 무엇이 어떻게 다른지는 설명할 수 없었다. 그날 아이들이 가장 많이 듣거나 한 말은 이거였다. "쟤가 현준이야?" "몰라." 여전히 준은 눈에 띄는 아이가 아니었다.

첫날부터 선과 수는 티격태격했다. 수는 철교를 건너는 게 얼마나 대단한 일인지를 떠벌리는 듯했고 선은 수의 모든 말에 코웃음을 치는 듯했다. 준이 그 둘과 한꺼번에 같은 반이 된 건 처음이었다. 준은 있는 듯 없는 듯 자리를 지키다가 가는 듯 마는 듯 하교했다. 등하교의 풍경은 사는 곳에 따라 정문과 후문으로 나뉘었다.

준은 지난 5년 내내 그랬듯이 후문으로 등하교를 했다. 선과 수도 마찬가지였다. 후문을 나서면 양조장 담장과 학교에서 실습용으로 사용하는 밭 사이로 길이 나 있었다. 양조장 담장이 끝나는 곳에서부터 다시 수와 같은 쪽에 사는 아이들과는 길이 갈렸다. 그쪽 아이들은 비가 내려 무넘깃둑을 건널 수 없을 지경이 되어야만 큰 다리 쪽으로 돌아갔다. 무넘깃둑을 건너는 게 훨씬 빠른 길이었기 때문이다. 물론 자전거를 타고 다니는 아이들은 대체로 큰 다리를 건너갔다. 자전거를 들고 무넘깃둑을 건너기란 여간 힘든 일이 아니었으니까.

용이 승천했다는 기와집을 지나치고 큰 다리를 건너 분탄으로 더러운 길을 따라 걸었다. 저 앞에 선이 다른 친구 두엇과 함께 가는 게 보였다. 겨우내 준은 막걸리 심부름을 하느라 역전 슈퍼에 드나들어야 했고 대숲을 두려운 눈으로 지켜보아야 했다.

밤이 되면 연탄공장 사택으로 갔다. 영택은 언제나 준을 반갑게 맞았고 기타를 치며 노래를 들려주었다. 준은 눈을 감고 들었다. 그러면 40, 50대가 대부분인 연탄공장에서 사무직원이 아닌 배달부로 일하는 스물 두엇의 영택이 결코 말하지 않는 것들을 상상할 수 있었다. 한쪽 다리를 살짝 절기 때문에 싫은 소리를 듣지 않으려고 누구보다 열심히 몸이 부서져라 일해야 하는 영택의 속내 같은 것을 말이다.

지난겨울에 준은 깨달았다. 영택을 좋아하는 건 기타

를 잘 치고 노래를 잘 불러서가 아니라 영택이 언제나 준의 어머니를 예의 바르게 대해서였다. 한 번도 생각해 본 적 없었지만 오래전부터 알았던 일처럼 단번에 이해 가 되었다. 영택은 아버지와는 다른 사내이고 아마도 아 버지와는 다른 남편이 될 것이며 아버지와는 다른 아버 지가 되리라는 것도.

이런 방식으로 준은 지난 늦가을 오후에 한 가지를 깨 달은 뒤로 너무 많은 걸 알아버렸다. 하나의 뿌리줄기에 서 솟은 죽순들이 자라 숲을 이루듯이 준의 가슴속은 겨 우 한 계절 만에 대숲처럼 울창해졌다.

묵묵히 걷던 준은 어느새 간이역 앞마당에 이르렀다. 역전 슈퍼 앞 평상에 앉았던 선이 준을 기다렸다는 듯 벌떡 일어났다.

"송현준, 얼굴 좀 펴라!"

"구긴 적 없는데."

"지금 구기고 있잖아."

"응, 알았어."

간이역을 떠나려는지 기차가 기적을 울렸다. 선과 준 은 고개를 돌려 간이역을 바라보았다. 단층 역사 너머로 보이는 봄 하늘은 눈이 부실 만큼 환했다.

"같은 반 돼서 참 좋다."

준은 고개를 끄덕였다.

"얼굴 좀 펴라니까."

"이게 편 거야."

선은 준에게 편지를 건넸다.

"너 내년에 시내로 중학교 가면 자주 못 보잖아. 연습하려고."

준은 집에 돌아와 편지를 읽었다. 별다른 내용은 없었다. 방학 동안 무얼 하며 지냈는지 6학년이 된 기분이 어떤지…… 소소한 이야기가 담긴 편지였다. 그런데도 준이 이전과 어떤 점에서 다른지를 선은 아는 것 같았다.

준은 며칠 동안 답장을 써보려 애썼다. 눈을 감고 선의 목소리를 들었다. 그러나 준의 마음에 떠오른 얼굴은 어머니거나 아버지였다. 아버지가 연탄공장으로 일하러 출발할 때가 준이 일어나야 할 시간이었다. 트럭은 공장에 세워두었기에 아버지는 걸어서 출퇴근을 했다.

준이 세수를 하는 동안 어머니는 아버지가 물린 밥상에 준의 아침을 차렸다. 준이 방에 들어가 앉으면 어머니는 밥상을 들고 방으로 들어서며 이렇게 말했다. "아

가, 밥 먹어라." 준은 그 말이 참말로 듣기 좋았다. 아가
라니. 이렇게 커버린 아가도 있을까 싶었지만 그 말을 듣
는 순간만큼은 마음껏 어리광을 부려도 괜찮을 듯했다.

달걀을 풀어 넣고 파를 조금 곁들인 감잣국에 반찬이
라고는 김치뿐인데도 아가라는 말이 더해지면 푸짐하기
만 했다. 잠기가 말끔히 걷히고 속이 든든해지고 기운이
났다. 국에 밥을 말아 먹는 준을 가만히 지켜보는 어머
니의 눈길 때문이기도 했다. 준은 그 순간이 영원히 이
어지기를 바랐다. 언제까지나 이처럼 으스스한 이른 아
침에 어머니가 차려준 따뜻한 밥상 앞에 앉아 아가라는
말을 밥알처럼 씹으며 하루하루를 살고 싶었다. 결코 어
른이 되지 않기를 바랐다. 어른이 되고 싶지도 않았다.
아가, 아가로 남고 싶었다. 그렇지만 언제부턴가 어머니
는 아가라는 말을 하지 않았다. 준은 모른 척했다. 어머
니가 이전의 어머니가 아니라는 걸 눈치채지 못한 척했
고 아무것도 모른 척했다. 그렇게 하면 정말 괜찮은 것
처럼, 이전으로 돌아갈 수 있는 것처럼 눈을 감고 귀를
막고 입을 다물었다.

준이 잃어버린 말, 준의 말은 아니었지만 준의 말이기
도 했던 그 말을 선의 편지에서 문득 느꼈다. 아가, 밥 먹

어라, 라고 하던 어머니의 목소리와는 전혀 다른 목소리였지만 텅 빈 준의 가슴을 채워주는 힘을 지닌 말들이 편지에 담겨 있었다. 그래서인지도 몰랐다. 답장을 쓰려고 애쓸수록 답장을 쓸 수 없으리라는 불안만 커졌다. 선의 말에 진심을 담아 화답하는 순간 어머니가 어디론가 멀리멀리 떠나버릴 것 같았으니까.

답장을 주지 못했는데도 선은 그사이 한 통의 편지를 더 건넸다. 준이 답장하지 못해 미안하다고 하자 선은 연습이니 괜찮다고 했다. 학교에서 선을 모르는 학생이나 선생은 없을 정도였다. 꾸밈없이 밝고 명랑한 데다 공부도 잘하고 노래도 잘 불렀다. 여자애 남자애 가리지 않고 친구가 많았다. 준은 말로 표현한 적은 없으나 그런 선이 자신에게 다정하고 친절하다는 사실이 왠지 모르게 뿌듯했다.

토요일이었고 특별활동 시간만 끝나면 하교였다. 어버이날이 가까웠기에 문예반 지도교사는 한바탕 훈계를 늘어놓았다. 요즘 학생들은 부모를 존경할 줄 모른다면서 낳아주고 길러주어 감사합니다, 운운하며 형식적으로 쓰지 말고 마음을 담아 편지를 쓰라고 했다. 아이들은 배운 대로 "부모님 전상서"라 쓴 뒤 각자 고민에 빠졌다. 엄마, 아빠를 갑자기 어머니, 아버지라 쓰려니 낯간지럽기도 했지만 낳아주고 길러준 은혜 외에 대체 무얼 적어야 할지를 몰라서이기도 했다.

준은 자신이 눈을 감고 생각에 잠기기만을 수가 기다린다는 걸 알았다. 늘 하던 장난을 치려는 것일 텐데 준은 눈을 감지 않았다. 준은 허리를 곧게 편 채 연필을 들어 한 문장 한 문장을 꾹꾹 눌러썼다. 수가 의아하다는 눈빛으로 준을 바라보았다. 수가 어깨너머로 준의 편지를 넘겨다보았다.

아버지…… 아버지는 아버지이지만 아버지는 아버지가 아니고 아버지는 아버지가 아닌데도 아버지는 아버지라서 아버지가 아버지이면서 아버지가 아니라면 아버지가 아버지가 아니면서 아버지라면……

편지지가 찢어지면서 연필심이 뚝 부러졌다. 준은 잠시 그걸 내려보다가 손아귀에 넣고 천천히 구겼다. 그 모습을 선과 수는 물론 문예반 아이들 모두가 지켜보았다. 꾸벅꾸벅 졸다 깨어난 지도교사가 고개를 두리번거렸다. 편지를 다 쓴 사람은 가도 좋다고 말했다. 아이들이 하나둘 자리에서 일어나 각자의 교실로 되돌아갔다.

문예반 교실에 마지막까지 남은 건 준이었다. 준은 자리에 앉은 채 꼼짝도 하지 않았다. 선과 수가 준의 곁으로 다가와 이제 그만 가자고 말했다. 준은 고개를 돌려 친구들을 보았다. 그리고 고개를 끄덕였다. 그날 선은 역전 슈퍼 앞 평상에서 준을 기다렸다. 느릿느릿 소처럼 걸으며 혼자 하교하는 준의 습관을 잘 알아서였다.

"괜찮아?"

"응, 괜찮아."

"무슨 일 있어?"

"아무 일도 없어."

"오후에는 뭐 해?"

준은 고개를 돌려 마을 뒤쪽 산비탈을 가리켰다.

"오늘 오후랑 내일은 아마 저기서 일을 할 거야."

"그래? 그럼 나도 볼 수 있겠네."

"넌 뭐 할 건데?"

"우리 집 뒤에 논 있잖아. 오늘하고 내일 못자리 만드는 거 다들 돕기로 했거든."

준은 고개를 끄덕였다.

준의 집이 농사를 짓는 땅은 기찻길을 굽어보는 산허리에 있는 작은 밭이 전부였다. 작물이 자라기 어려운 밭이었지만 콩과 옥수수, 감자와 땅콩 등을 갈아먹을 수 있었다.

토요일 오후와 일요일에는 아버지가 쉬기 때문에 준도 산밭에 갔다. 아버지와 어머니는 밭고랑을 고르고 이랑에 비닐을 씌웠다. 준은 바람에 날리지 않도록 비닐을 붙잡아주거나 이런저런 잔심부름을 했다. 고개를 돌리면 저 아래 기찻길과 그 너머로 펼쳐진 논들이며 초등학교가 있는 마을이 한눈에 들어왔다. 간이역과 연탄공장 그리고 무개화차와 야적장이 훤히 보였다. 큰 다리 너머 마을을 에워싸듯 들어선 방직공장과 산 아래를 지나는 국도와 그 위 고속도로까지 그 모든 것이 환한 봄빛 아래서 반짝거렸다. 들판에서 일하는 사람들은 개미처럼 작았다. 땀이 났다가도 거센 봄바람이 휙 쓸고 지나가면 금세 말라 사라졌다.

준은 눈을 가늘게 뜨고 역전 슈퍼 뒤쪽 들판에서 일하는 사람들 가운데 선이 있는지를 찾아보려 했다. 강아지처럼 뛰어다니는 아이가 선인 것 같았다. 너무 멀어서 얼굴을 알아볼 수는 없었지만 선이 분명하다고 생각했다.

봄이 무르익는 때였다. 해가 길어져서 오후라 해도 볕이 따스했다. 다음 날에도 바람은 거셌지만 날카롭지는 않았다. 들판에는 여전히 일하는 사람들이 있었다. 어머니와 아버지를 도와 밭일을 하는 동안 준은 필요한 말이 아니면 한마디도 하지 않았다. 그건 어머니와 아버지도 마찬가지였다.

준은 어머니와 아버지가 집에서만이 아니라 바깥에 나와 함께 일하는 동안에도 전혀 대화를 나누지 않는다는 사실을 알게 되었다. 이 세상에 세 식구가 전부인데 그 셋은 서로에게 무심했다. 무심하기만 하다면야 견딜 수 있었다. 어쩌면 셋은 서로를 미워하고 있는지도 몰랐다. 불현듯 준은 선에게 답장을 써야겠다는 생각이 들었다.

밭일은 점심이 되기도 전에 끝났다. 준은 곁채의 작은 방에 앉아 선의 편지에 답장을 썼다. 선이 그랬듯이 준도 소소한 이야기를 늘어놓았다. 영택처럼 기타를 잘 치고 싶다거나 노래를 잘 부르면 좋겠다는 이야기들, 겨울이 되면 모은 용돈으로 비단 스카프를 사서 선에게 꼭 선물하겠다는 약속까지.

그 선물은 준이 생각해낸 게 아니었다. 지난겨울 영택은 연탄공장이 그토록 바쁜데도 방직공장에 다니는 또래의 여자와 사귀었다. 주로 국도 변 버스 정류장 근처의 다방에서 만나는 듯했다. 어느 날인가는 알록달록 무늬가 새겨진 부드러운 스카프를 준에게 보여주었다. 지금 만나는 사람에게 줄 선물이라고 했다. 그렇게 말해놓고 영택은 소년처럼 쑥스러워했다. 준은 영택의 얼굴에 떠오른 뭐라 말로 표현하기 힘든 기색에 깊은 인상을 받았다. 준은 그런 이야기도 술술 써나갔다. 스스로도 깜짝 놀랄 만큼 거침이 없었다. 누군가 불러주는 걸 받아 적기라도 하는 것처럼.

해가 설핏 기울 무렵 아버지는 준에게 막걸리를 받아오라는 심부름을 시켰다. 준은 주전자를 들고 역전 슈퍼로 갔다. 못자리를 만들 거라던 선의 말이 떠올라 걱정이 되었지만, 간이역을 이용하는 사람들이 평소보다 많은 일요일이라 선의 어머니만은 슈퍼를 지키고 있을 것 같았다. 준은 활짝 열린 문을 통해 슈퍼 안을 들여다보았다. 계산대와 진열대 사이 바닥에 슬리퍼 한 짝이 뒤집어져 있었다.

슈퍼는 고요하고 그 안의 사물들이 모두 가지런히 놓여 있는데도 마구 헝클어진 듯한 느낌이 들었다. 살림집으로 통하는 뒷문도 열려 있었다. 머뭇거리던 준은 슈퍼 안으로 들어섰다. 대숲에 들어설 때처럼 두렵기까지 했다. 전에는 한 번도 느껴본 적 없는 기분이었다.

준은 용기를 내서 뒷문을 통해 마당으로 들어갔다. 선의 어머니가 마루 끝에 앉아 있었다. 맨발이 먼저 눈에 띄었다. 선의 어머니는 쭈뼛거리며 다가오는 준을 물끄러미 보다가 손짓을 했다. 가라는 건지 오라는 건지 헷갈렸다.

"현준이 왔구나."

준은 무슨 말이라도 해주길 끈질기게 기다렸다. 이윽고 선의 어머니가 한숨을 토하듯 말했다.

"혜선이가 다쳤다. 시방 시내 종합병원에 갔는데 치료다 끝나서 이따 올 거라고 전화가 왔더라. 그래서 기다리는 중이다."

"어디를 다쳤어요?"

"경운기 벨트에 쓸려서 손가락 끝이 잘렸어."

"손가락이요."

"그래."

선의 어머니는 오른손을 들어 집게손가락을 구부렸다 폈다 했다.

"여기가 잘렸단다."

준은 슈퍼 앞 평상에 앉아 밤이 오는 걸 지켜보았다. 역사에 불이 켜지고 승강장의 가로등에도 불이 켜졌다.

화물열차가 간이역을 빠져나가자 표시등이 꺼졌다. 여객열차가 들어오고 사람들이 우르르 몰려나왔다.

몇몇 사람이 슈퍼를 기웃거리다 가버렸다. 준은 생각했다. 밤이 이렇게 오는구나. 역 마당이 한산해졌을 때택시가 슈퍼 앞에 멈췄다. 선의 아버지와 선이 택시에서내렸다. 선은 붕대 감은 손을 살풋 들었다. 준은 선의 아버지에게 꾸벅 인사를 했다.

"현준이구나. 고맙다. 혜선이는 괜찮으니까 걱정하지않아도 된다."

준은 무슨 말이든 하고 싶었다. 괜찮니, 괜찮을 거야. 많이 아프지…… 선의 어머니가 선을 부둥켜안다시피해서 안으로 사라져버릴 때까지 준은 아무 말도 하지 못했다. 선이 고개를 돌려 준을 보았는데 어디에서 날아온건지 알 수 없는 불빛이 두 눈에서 반짝 튀었다.

집으로 돌아가는 동안 준은 주전자를 던져버리고 싶은 마음을 꾹 눌러야 했다. 꼭지에서 흘러나온 막걸리가길바닥에 뚝뚝 떨어졌고 시큼한 냄새가 코끝을 맴돌았다. 대숲 앞에 멈춘 준은 주전자를 높이 들어 올려 꼭지에 입을 대고 한 모금 마셨다. 입안이 텁텁해지고 얼굴이 달아올랐다. 준은 눈을 감고 대숲에서 들려오는 소리에 귀를 기울였다. 쌀독에 쌀 붓는 소리 같기도 했고 주전자에 막걸리 붓는 소리 같기도 했다. 세상의 모든 소리는 어느 정도…… 울음을 닮은 듯했다.

손가락 끝이 저렸다. 어느 하나가 아니라 전부 다 저렸했다. 가슴도 마음도 단단한 손아귀에 잡혀 옥죄이는 기분이었다. 불쑥 용기가 났다. 만약 한 번만 더 아버지가 어머니를 찾아오라고 한다면 어머니를 찾기는 하되 아버지에게 되돌아오지 않기로 마음먹었다. 아버지 따위는 잊어버리고 어머니와 먼 곳으로 가서 살아도 괜찮을 것 같았다. 겨우 한 모금의 막걸리에 이런 용기가 생기다니. 아버지는 겁쟁이다. 연탄공장 사장에겐 굽신거리고 어머니에게만 고함을 치니까. 그것도 술기운을 빌려야만 하니까. 술에 기대고 싶었다면 어머니가 아니라 연탄공장 사장에게 대들어야지, 그러지는 못하고 어머니만 윽박지르니까. 기타도 못 치고 노래도 못 부르니까. 어머니에게 다정하지 않고 예의 바르지 않으니까. 그런데도 아버지라니. 아버지라니. 이런 생각을 하는 동안 불쑥 솟았던 용기는 푹 꺼졌다.

어머니와 아버지가 남남이 되고 자신은 버림받아 고아원 같은 곳에 끌려가는 상상을 했다. 자주 듣는 건 아니지만 아버지가 했던 몇 마디 다정한 말도 떠올랐다. 내가 사라지거나 죽으면 아버지가 달라질까. 내가 사라지면 나는 뭐가 되는 거지. 준의 머릿속은 질정 없는 생각들로 가득했다.

준은 마루에 주전자를 내려놓았다. 방문이 열렸다. 어머니와 아버지가 저녁을 먹고 있었다. 아버지가 왜 이리 늦었냐며 야단을 쳤다. 준은 변명하지 않았다. 어머니가 얼른 들어와 밥 먹으라고 했다. 준은 마루 앞에 선 채로 고개를 저었다. 아버지가 으름장을 놓았다.

준의 귀에는 어머니와 아버지의 목소리가 먼 곳에서 들려온 것처럼 아득했다. 불 켜진 방 안은 환했다. 검게 타고 비쩍 마른 아버지. 마찬가지로 검게 타고 비쩍 마른 어머니가 대낮의 밝은 빛에서 보는 것보다 분명하게 보였다. 야간열차의 객실처럼. 어머니와 아버지가 준은 알지 못하는 밤 기차를 타고 여행을 떠나는 것만 같았다. 준은 고개를 숙였다. 더는 당신들을 보고 싶지 않다는 듯이.

아버지는 거칠게 상을 밀고 소리쳤다.

"엄마 말 못 들었어? 얼른 들어와!"

금방이라도 자리를 박차고 일어날 것처럼 아버지의

엉덩이가 들썩였다.

"먹고 싶지 않아요."

"이놈이 그래도!"

"먹고 싶지 않다고요."

"버르장머리 없이 어디서 말대꾸야."

어머니가 아버지의 서슬 퍼런 기세를 막아서며 준을 타일렀다.

"아빠한테 잘못했다 하고 얼른 들어와, 응?"

아버지는 기가 막힌다는 듯 끌탕을 했다.

"자식이라곤 하나라서 오냐오냐 키웠더니."

준은 고개를 들고 어머니와 아버지를 똑바로 바라보았다.

"……혜선이가 다쳤어요. 혜선이가 아파요. 경운기 벨트에 그랬대요. 손가락 끝이 잘렸대요. 슈퍼 앞에서 계속 기다렸어요. 병원에서 돌아오는 걸 보았는데…… 얼굴이 하얗게 질렸어요. 엄마, 아빠…… 혜선이는 얼마나 아팠을까요. 얼마나 무서웠을까요. 혜선이는 잘못한 게 없어요. 나한테 잘해줘요. 다른 애들도 혜선이는 좋아해요. 밝고 착해요. 혜선이는 나쁜 일을 한 적도 나쁜 말을 한 적도 없어요. 혜선이는 아무 잘못이 없는데 왜 혜선이한테 그런 일이 생긴 거죠? 왜 혜선이만 아파야 해요. ……밥 먹고 싶지 않아요."

준은 감잣국에 입을 대는 둥 마는 둥 했다. 가방을 메고 집을 나섰다. 역전 슈퍼가 가까워지자 절로 걸음이 느려졌다. 준보다 늘 한 걸음 앞서 등교하던 선의 뒷모습이 보일 것만 같았는데 선은 없었다. 다른 아이들뿐이었다. 슈퍼 앞에서 선의 어머니가 준에게 손짓했다.

"현준아, 한동안 우리 혜선이는 학교를 쉴 거야. 네가 같은 반이니까 하교할 때 들러서 무얼 배웠는지, 숙제는 뭔지 알려줄 수 있겠니?"

준은 고개를 끄덕였다. 아이들은 쉬는 시간이면 선이 당한 사고를 두고 이런저런 이야기를 나누었다. 수가 준에게 어떻게 된 건지 아냐고 물었다. 준은 아는 대로 대답했다. 수의 얼굴이 일그러졌다. 담임 선생도 선의 사정을 간단하게 전하면서 안전사고에 유의하라는 말로 종례를 갈음했다.

준은 집으로 돌아가는 길에 역전 슈퍼에 들렀다. 선을 보고 싶다는 말은 하지 못했다. 선의 교과서를 달라고 했다. 준은 평상 앞에 쭈그리고 앉아 교과서를 펴놓고 자신이 필기한 내용을 선의 교과서에 그대로 옮겨 적었다. 선의 교과서는 준의 깨알 같은 글씨로 가득 채워졌다.

일주일 내내 준은 선을 직접 만나지는 못한 채 교과서를 통해서 만났다. 선이 어떤지를 묻자 선의 어머니는 진통제와 항생제 탓에 선이 제대로 먹지 못해 야위었다고 전해주었다. 날마다 소독을 하는데 곧잘 견딘다고, 병원에서 손가락은 잘 아무는 중이라 했으니 걱정 말라고 덧붙였다.

그다음 주에도 선은 등교하지 않았다. 준은 필기한 내용을 옮기려다 형편없이 비뚤비뚤하지만 선이 쓴 게 분명한 글을 보았다. 고마워. 고와 마와 워가 서로를 밀어내고 싶은데 마지못해 어깨를 겯는 것 같았다. 이상하게도 가슴이 답답했다. 준은 그 옆에 썼다. 힘내.

2주 동안 결석한 선은 3주째 되던 월요일에 등교했다. 손가락에는 세심하게 붕대가 감겨 있었다. 아이들의 시선은 붕대에 감긴 손가락을 향했다. 선은 그 손을 책상 위에 얌전하게 올려놓았다. 핼쑥한 얼굴이었지만 낙담한 얼굴이라곤 할 수 없었다. 오히려 담담하다고나 할까. 아이들이 시시콜콜 묻는 말에 낯을 찌푸리지 않으며 대답해주었다. 수업 시간에도 똑바로 앞을 응시했고 옆

자리 아이가 무언가 도와주려 하면 부드럽게 거절했다.

선은 엄지와 가운뎃손가락으로 연필을 쥐고 필기했다. 연필은 돌풍에 밀려나는 바지랑대처럼 자꾸만 몸을 눕혔고 선은 연필을 바로잡으려 애쓰며 한 글자 한 글자를 써나갔다. 그러다 어느 순간 연필을 내려놓은 채 가만히 있곤 했다. 손에 통증을 느끼는 것 같았다.

그렇게 하루하루가 지나갔다. 모내기 철로 접어들자 학교는 농번기 방학을 맞았다. 준의 어머니는 일당을 받고 다른 집들의 모내기를 도와주었다. 아버지는 연탄 수요가 별로 없는 계절이어서 장거리 운송을 다녔다. 먼 시골의 연탄 보급소까지 연탄을 공급하러 가야 했고 도로 사정이 좋지 않은 곳이 많아 연탄이 깨지는 경우도 있었다. 못 쓰게 된 연탄은 재배합해서 쓰면 되니 큰 문제가 아니었건만 아버지나 영택은 그런 일을 부끄러워했다.

어느 밤에는 아버지와 영택이 함께 술을 마시다가 다투기도 했다. 다투었다기보다는 아버지가 일방적으로 영택을 몰아붙였다. 젊어서 세상 물정을 모른다며 야단을 쳤다. 영택은 쓸쓸한 얼굴로 일어섰다. 준은 영택의 뒤를 따랐다. 영택이 뒤를 돌아보았다.

"혼자 갈 수 있으니까 안 따라와도 돼."

"그냥, 걷고 싶어서요."

"그럼 같이 갈까?"

준은 영택과 나란히 걸었다. 아버지는 혼자서 남은 술을 다 마실 테고 어머니를 실컷 괴롭힌 뒤에야 잠들 거였다. 준과 영택은 초여름 밤의 눅진한 공기를 마시며 걸었다. 굴다리가 가까워지자 영택은 준에게 그만 돌아가라고 했다.

"삼촌, 궁금한 게 있어요. 왜 우리 아빠랑 일해요?"

영택은 무슨 말을 해야 할지 모르겠다는 듯 한숨을 쉬었다.

"네 아버지가 무뚝뚝하고 술 마시면 욱하는 성질이시긴 하지. 그렇지만 배울 게 많은 분이기도 해."

"우리 아빠가요?"

"응. 한 가지 물어도 될까. 연탄은 어디에서 왔지?"

"저기 산처럼 쌓인 게 공장에 들어가면 연탄이 되어서 나오잖아요."

"그래, 그럼 저 산처럼 쌓인 것들은?"

"탄광에서 화물열차에 실려 왔잖아요."

"잘 아는구나. 나도 그런 줄만 알았어. 그런데 아저씨가 이런 말을 하더라. 연탄을 보고 있노라면 저 깊은 땅속에서 납작하게 짓눌린 채 수만 년을 견뎌온 누군가의 목소리가 들리는 것 같다고 말이야. 누구나 어떤 일을 오래 하면 그 일에 정통할 수는 있겠지만 누구나 오래 했다는 이유만으로 그 일을 진짜 사랑하지는 않아."

"잘 모르겠어요."

"괜찮아. 넌 이미 알고 있어. 내 말이 낯선 것뿐이야."

준과 영택은 이전에도 이런 식의 이야기를 나누었기에 특별한 밤이라고 할 수는 없었지만 준의 기억 속에 이날 밤은 특별했던 순간으로 남았다.

준이 대숲에서 나는 소리에 귀를 기울이듯, 아버지가 땅속 깊은 곳에서 시작되어 지상으로 흘러나오는 소리에 귀를 기울인다는 사실이 마음을 흔들었다. 왜 하필이면 그런 소리에. 준은 눈을 감고 땅속에서 들려오는 소리에 귀를 기울였다. 머릿속으로 그 소리가 연상시키는 광경들이 펼쳐졌다. 아무것도 보이지 않았다. 아니 보이는 건 어디나 새까맸다. 어둡고 캄캄하고 고요했다. 숨이 막히고 불덩이처럼 뜨거웠다. 타오르는 불길들 모두가 새까맸다.

준은 교실에서 날마다 선을 보았다. 날마다 보는데도 낯설었다. 선의 아버지는 중고 승용차를 구해서 선을 태우고 왔다가 하교 시간에 맞춰 데리러 왔다. 선의 아버지는 준에게도 함께 타라고 몇 번 권했지만 준은 고개를 저었다. 선이 아무 말도 하지 않아서였다. 선이 타라고 했다면 준도 못 이긴 척 그랬을 테지만.

오래지 않아 선은 이전처럼 쾌활해졌다. 아이들은 선의 손가락을 두고 농담까지 하게 되었고 선은 아무렇지도 않다는 듯 받아들였다. 그러나 준과 눈이 마주치면 선은 고개를 숙였고 짐작건대 선의 시선은 자신의 손을 향했다. 준은 사라져버린 한 마디의 손가락이 멀쩡하게 남은 열 마디 스무 마디의 손가락보다 가슴 저린 이유를 생각해보았다. 체육 시간이면 선은 국기 게양대 근처의 그늘 아래 앉아 있어야 했다. 다른 반 담임인 체육 선생의 지나친 배려였다.

무덥던 어느 날 체육 선생은 축구공이며 배구공이며 공 몇 개를 던져주더니 알아서 놀라고 했다. 남자 여자 가리지 않고 축구도 하고 배구도 했다. 귀찮아서 그늘을 찾아드는 아이도 있었다. 배구를 하는 아이들이 편을 나누다가 숫자가 부족했는지 선을 불렀다. 선은 기다렸다는 듯 아이들 틈으로 끼어들었다. 누군가가 그 손으로 할 수 있겠냐고 투덜거렸다. 선은 괜찮다고 했다. 그러다 우리 편이 지면 어떡하냐고 볼멘소리를 하는 아이도 있었다. 선이 누군가와 다투는 걸 준은 처음 보았다. 진짜로 분해서 누군가와 다투는 걸 말이다.

체육 시간 뒤는 점심시간이었다. 선은 병원에 간다며 조퇴했다. 준은 교실을 빠져나가는 선을 보았다. 예정된 조퇴라면 선의 아버지가 승용차로 데리러 올 테니 선은 조회대 앞에서 기다릴 거였다. 하지만 선은 후문 쪽으로 갔다. 준은 도시락을 끌러보지도 않고 도로 책상 서랍에 넣었다. 후문으로 달려갔다. 선이 뒤돌아보았다. 선의 두 눈은 차가웠다. 차가웠는데도 이글거렸다. 타오르는 연탄을 내려다볼 때 구멍마다 발갛게 달아오른 걸 볼 수 있듯이. 선의 눈동자가 잉걸불처럼 굴렀고 준은 걸음을 멈췄다.

"너도 궁금해? 내가 이 손으로 뭘 할 수 있고 뭘 할 수 없는지? 왜 너는 묻지 않아? 묻고 싶어 죽겠지?"

선의 목소리는 차분했는데도 준의 가슴을 베었다.

"난…… 궁금하지 않아. 난 그냥 네가 괜찮은지 궁금해."

"괜찮아, 이제 됐지?"

선은 몸을 휙 돌려 후문을 빠져나갔다.

그날이었을 것이다. 아버지와 영택은 항구가 있는 작은 마을로 연탄을 배달하러 갔다. 마지막 목적지가 섬인 연탄을 트럭 짐칸에 실을 수 있는 최대치인 800장이나 싣고 떠났다. 아버지와 영택은 연탄을 싣고 출항하는 배를 오래도록 바라보다 트럭에 올랐다. 돌아오는 길에 문제가 생겼다. 지름길을 잡아 오다가 진창에 빠졌다. 트럭은 멀쩡한 편이었는데 아버지와 영택의 몰골이 말이 아니었다. 두 사람 모두 진흙으로 뒤발을 한 데다 눈에 핏발이 섰고 서로 눈조차 마주치지 않으려 했다.

여름방학을 며칠 앞둔 어느 날 준은 방에 들어갔다가 깜짝 놀랐다. 영택의 기타가 벽에 기대어 있었다. 준은 연탄공장 사택으로 갔다. 영택의 방은 텅 비어 있었다. 방직공장과 연탄공장의 노동자 몇이 경찰에 불려 갔다가 다시 공장으로 돌아오지 못했다는 소문이 떠올랐다. 이유가 무엇이든 다리를 절며 먼 길을 떠났을 영택을 마음속으로 그렸다. 지하 깊은 곳의 소리를 들을 줄 아는 사람에게 배울 수 있는 것보다 더 소중한 게 있다는 사실을 준은 이해했다.

방학을 하던 날 준은 역전 슈퍼 앞에 서 있는 승용차를 보았다. 승용차 옆에 서 있던 선의 아버지는 쓸쓸한 얼굴이었다.

"혜선이는요?"

선의 아버지가 고개를 저었다.

"오늘은 혼자 가겠다며 고집을 피우는구나. 누굴 닮아서 쇠고집인지."

준은 저 앞에서 가방을 메고 터벅터벅 걷는 선을 따라잡기 위해 달렸다. 선이 뒤를 잠깐 돌아보았다. 준과 눈을 마주치긴 했으나 아무 말도 없었다. 준은 두어 걸음 떨어진 채 선을 뒤따랐다.

여름날 아침은 환하다 못해 눈이 부실 지경이었다. 학교에 도착할 때까지 선은 다시 돌아보지 않았다. 준은 선의 뒤를 따라 걸으며 변한 것과 변하지 않은 것들에 대해 생각했다. 수업을 다 마친 뒤 간단한 방학식이 있었다. 모든 학년의 학생들이 일제히 하교를 했다. 정문 후문 가릴 것 없이 우르르 몰려 나가는 아이들로 북적였다.

준은 선을 놓치지 않으려 애썼다. 하교할 때도 등교할 때와 비슷했다. 선은 혼자 걸어갔고 준은 선의 뒤를 따랐다. 큰 다리를 지나니 아이들이 눈에 띄게 줄었다. 준은 기회를 엿보았지만 뒤돌아보지 않는 선에게 말을 건 넬 용기가 나지 않았다. 간이역 앞에까지 간다면 더더욱 그럴 거였다. 연탄공장 담장이 끝나는 곳에 이를 무렵 준이 용기를 냈다.

"혜선아, 이거."

준은 선의 손에 편지를 쥐여주고 냅다 달려 나갔다. 선의 시야에서 완전히 벗어나려면 간이역을 지나 굴다 리까지 쉬지 않고 달려야 했다. 생각은 그랬는데 선의 몇 걸음 앞에서 발이 엉키며 넘어졌다. 벌떡 일어나 달 렸는데 몇 걸음 못 가서 자빠졌다. 뒤를 돌아보니 선이 활짝 웃고 있었다.

방학 내내 준은 주전자를 들고 역전 슈퍼에 갔다 왔 다. 심부름이 없어도 그냥 갔다. 선의 아버지는 선에게 글씨 연습 노트를 사다 주었다. 선의 부탁이라고 했다. 희미한 글자 위에 가느다란 붓으로 글자를 덧입히는 선 의 이마에 땀방울이 맺혔다. 손이 떨리면 잠시 쉬었다 가 계속했다. 준은 선을 지켜보다 돌아오곤 했다. 그 옆 에서 벼루에 먹을 갈아주기도 했다. 때때로 짜증을 내고 분을 참지 못해 붓을 던지기도 했지만, 선은 괜찮아 보 였다.

"힘든 건 난데 네가 왜 인상을 써? 얼굴 좀 펴!"

"이게 편 거야."

방학이 끝나갈 무렵이었으니 여름도 다 지나갈 무렵이었다. 역전 슈퍼에 들렀다가 집으로 돌아간 준은 휑뎅그렁한 마당에 선 채 밤하늘을 올려다보았다. 별똥별들이 불길하게 떨어졌다. 연탄공장은 벌써부터 겨울 준비를 위해 바쁘게 움직였다. 가을 내내 가능한 만큼 많은 연탄을 찍어내기 위해서였다.

아버지는 다음 날부터 보름 가까이 연탄 공급소를 순례하듯 돌아다닐 거였다. 아직 덜 바쁠 때 앞으로 임시 채용하게 될 기사를 조수로 부리면서 길을 익히게 하고 안면을 터주기 위해서라고 했다. 새벽같이 나가 밤 늦게나 돌아온다고 했다. 임시 기사는 본격적으로 배달이 시작될 때 다른 트럭을 운전하게 될 거라고 했다. 준도 그 사람을 본 적이 있었다. 아버지와 비슷한 연배의 사내였다.

"네가 현준이구나. 혹시 진수 아니? ……같은 반이니까 친하게 지내렴."

준은 고개를 끄덕였다.

가을에는 별일이 없었다. 많은 세월이 흐른 뒤에도 준

96

이 결코 잊을 수 없는 일은 그 가을에 일어나지 않았다. 단풍이 들고 서리가 내리고 학교를 오가는 길로 연탄 트럭이 쉴 새 없이 지나다니던 초겨울에 일어났다.

아버지가 술을 마시고 잠든 깊은 밤이었다. 준은 부스럭거리는 소리에 잠이 깼다. 누군가 준의 방에서 슬며시 나갔다. 그럴 수 있는 사람은 어머니 말고는 없었으므로 준은 다시 잠들지 못했다. 왜 엄마가 잠든 내 얼굴을, 그것도 불조차 켜지 않은 어둠 속에서 지켜보다 갔을까. 준은 잠들지 않으려 애썼고 잠들 수도 없었으며 잠들지 않아야 한다고 생각했지만 잠들고 말았다.

잠에서 깨어나니 느지막한 아침이었다. 그날은 휴일이었고 시내에 장이 서는 날이었다. 완행열차를 타고 시내로 가려는 사람들로 간이역은 붐빌 거였다. 준은 어머니의 신발을 찾았다. 없었다. 아버지는 벌써 트럭에 연탄을 가득 싣고 어디론가 떠났을 것이다.

준은 간이역으로 달려갔다. 역무원이 지적 신호를 보내고 있었다. 문은 모두 닫혔고 기차가 기적을 울렸다. 준은 비탈진 철둑을 올라 기찻길로 들어섰다. 바로 앞에 기관차가 있었다. 기관차는 막 출발하려는 참이었다.

준은 어떻게 해야 할지 알 수 없었다. 기관사가 창으

로 고개를 내밀고 준을 향해 소리쳤다. 무슨 말인지 알아듣지 못했지만 무슨 말인지 뻔했다. 준은 기관차로 다가갔다. 겁이 났다. 캄캄한 대숲으로 들어설 때보다 가슴이 두근거렸다.

"안 돼요. 가면 안 돼요. 우리 엄마가 탔단 말이에요."

준은 울먹였다. 기관차가 멈췄다. 기관사는 준의 말을 알아듣지 못했지만 무슨 말인지 아는 듯했다. 역무원이 기찻길로 내려와 준의 팔을 붙잡았다.

"이 녀석아, 죽으려고 환장했어?"

준은 끌려가지 않으려고 버텼다. 배웅 나온 사람들이 구경꾼이 되어 그 광경을 지켜보았다. 그중에는 어두운 낯빛의 수도 있었다.

"웬 고집이야. 너 때문에 기차가 못 가잖아."

"아저씨, 기차 못 가게 해주세요. 우리 엄마가 탔단 말예요. 꼭 해야 할 말이 있단 말예요."

"환장할 노릇일세. 어여 이리 나와!"

준은 역무원의 겨드랑을 손가락으로 긁었다. 엉겁결에 역무원이 팔을 놓자 준은 기차 밑으로 기어들어 갔다. 다른 역무원과 역장까지 달려왔다. 준은 배로 기어다니며 요리조리 피했다. 아무래도 작고 날랜 준을 잡기란 쉬운 일이 아니었다.

참다못한 역장이 승강장을 뛰어다니며 객차의 창에 대고 소리쳤다.

"현준이 어머니 계시면 나오세요. 현준이가 찾습니다. 젠장, 뭘 두고 갔길래 애가 저리 막무가내로 군답니까?"

객차의 문이 열리고 사람들이 투덜거리며 승강장으로 내려섰다.

"현준이 엄마, 현준이 어머니!"

다들 소리쳤다. 이윽고 준의 어머니가 하얗게 질린 얼굴로 승강장에 내려섰다.

"현준아, 어머니 내리셨다. 그러니까 이제 좀 나오거라."

역장이 준을 달랬다.

"안 돼요. 엄마 얼굴 보여주세요."

준의 어머니가 무릎을 굽히고 기차 아래를 들여다보았다. 준이 기차 밑에서 고양이처럼 몸을 빼냈다. 이번에는 어머니가 손을 내밀었다.

"엄마, 가지 마. 제발 가지 마. 아빠 때문이야? 내가 아빠 혼내줄게. 그러니까 가지 마, 응?"

준은 어머니의 품에서 들큼한 숨 냄새를 맡았다. 하루

의 노동을 마치고 돌아와 땀에 전 몸을 방금 우물물로 씻어냈을 때처럼 오이 비누 냄새가 은은하게 밴 가슴팍에서 난생처음인 듯 어머니의 심장박동을 들었다. 토렴하려고 끼얹는 뜨끈한 국물처럼 어머니의 온기가 준에게 스며들었다. 준의 귓가에 바람이 지날 때의 대숲에서 들려오던 것과 같은 목소리가 들렸다. 아가……

며칠 뒤 준은 간이역 앞에서 수를 보았다. 수가 자전거 안장을 툭툭 두드렸다.

"태워줄게."

"여긴 웬일이야?"

수는 선의 글씨 연습을 봐주러 왔다고 했다.

"내가 명필이거든."

준은 나지막한 목소리로 말했다.

"그랬구나. 고마워, 진수야."

수가 준을 물끄러미 바라보았다. 준이 짐받이에 엉덩이를 걸치자 수가 안장에 올라탔다. 기우뚱대는 품이 불안했지만 그럭저럭 달려갔다.

"역전 마을 애들은 다 겁쟁이인 줄 알았는데. 네가 기차 막아선 거 소문내도 돼?"

큰 다리 앞에서 준이 위험하니 걸어서 건너자고 했다. 수는 괜찮다며 너스레를 떨었다.

"나도 겁쟁이 아니거든."

자전거가 다리 중간쯤에 이르렀을 때 한 줄기 거센 바람이 불었다. 자전거가 가장자리로 조금씩 밀려났다. 수가 안간힘을 쓰며 바퀴를 똑바로 하려 했다. 그러니까 우당탕하며 떨어진 건 아니었다. 시간이 멈춘 듯 가만히 섰다가 그대로 자빠졌다. 순식간에 자전거와 함께 추락한 곳은 다행히도 개울이 아닌 개울가의 푹신한 풀밭 위였다. 다리 위에서 아이들이 아래를 내려다보았다. 손가락으로 가리키며 수군거렸다. "저기 떨어진 게 진수랑 현준이 아냐?" "몰라." 수와 준은 서로의 얼굴을 마주 보고 싱긋 웃었다. 웃느라 어딘가에 힘이 들어가는 바람에 아파서 얼굴을 찡그렸고 그러다 다시 웃었다. 먼 훗날 수가 준에게 물었다.

"기차 밑에 들어갔을 때 어땠어?"

준은 말했다.

"무서웠어. 정말 무서웠어. 그런데…… 그보다 무서운 게 많아서 별로 무섭지 않았어."

수는 고개를 끄덕였다.

가난한
이야기

영은 교무실 문을 열고 들어갔다. 아무도 영에게 신경 쓰지 않았다. 체육 선생이 잠깐 고개를 들어 못마땅한 눈길로 바라보았을 뿐이다. 캐비닛 옆면에 열쇠 걸이가 있었고 거기에 과학실, 음악실, 비품실, 창고 등의 열쇠가 걸려 있었다. 그중 낯익은 도서실 열쇠를 조심스레 손에 쥔 영은 꾸벅 인사를 하고 교무실에서 나왔다. 도서실은 3층짜리 본관 건물 뒤편의 단층 교사에 있었다. 단층 교사는 1학년과 2학년 교실만 있던 곳이었는데 저학년 학생의 수가 줄어 반이 몇 개 사라지자 본관 건물로 모든 학급이 옮겨 가면서 빈 교사가 되었다.

영은 현관에 신발을 벗어두고 복도에 들어섰다. 도서

실은 첫번째 교실이었다. 자물쇠를 열고 도서실에 들어간 영은 발바닥으로 마룻바닥을 문질렀다. 잘 있었냐는 안부 인사 같은 거였다. 도서실은 고요했다. 격자창으로 흘러들어 온 햇살이 영의 발끝에서 물러났다가 다가왔다. 개울에 발을 담그면 어디선가 모여들어 발가락을 툭툭 건드리다가 와르르 도망치는 송사리 떼처럼. 영은 숨을 깊게 들이쉬었다가 천천히 내쉬었다. 책 냄새가 영의 가슴속에 가만히 내려앉았다.

이 도서실이야말로 영의 비밀이었다. 대부분의 아이들은 도서실이 있다는 사실조차 몰랐다. 오래된 책들에서 피어오른 눅눅한 종이 냄새가 영의 코끝을 간질였다. 이내 콧속이 알싸해졌고 그 냄새는 가느다란 핏줄을 타고 몸 구석구석으로 퍼져갔다. 영은 책가방을 벗어 출입문 근처의 탁자에 올려두었다.

영은 손바닥으로 책등을 쓸며 서가를 돌아다녔다. 무슨 책을 읽을지 속으로 정해두었지만 다른 책들에도 안부를 묻고 싶어서였다. 영이 찾는 책이 꽂힌 서가는 맨 안쪽이었다. 어제 읽다가 꽂아둔 책을 찾아낸 영은 벽에 등을 기대고 앉았다. 거기가 영의 자리였다. 책을 펼치니 글자들이 햇살에 몸을 뒤치며 반짝거렸다. 두어 문장을 읽으니 이전의 이야기들이 환하게 되살아나 머릿속에서 헤엄을 치며 돌아다녔다.

영은 늘 다음 순간이 궁금해질 때 책 읽기를 그만두었다. 그래야 한 시간쯤 걸리는 하굣길이 지루하지 않았다. 이야기가 어떻게 이어질지 생각하고 궁리하다 보면 어느새 집이었다. 도서 대출이 금지된 탓에 그런 습관을 갖게 되었는지도 모른다. 어쨌거나 이야기는 영의 짐작과 똑같이 이어지는 경우가 드물었다. 나머지 부분을 이어서 읽다 보면 얼굴이 발그레 달아올랐다. 왜 이런 생각을 못 했는지 부끄러워서였고 어떻게 이런 생각을 할 수 있었는지 감탄해서였다. 먼 훗날 영은 도서실을 오롯이 혼자 차지한 채 조바심을 내거나 의무감을 느끼지 않으면서 책을 읽던 오후의 한때가 그 시절을 견디게 해준 시간이었음을 알게 되었다.

마지막 장까지 다 읽은 영은 한숨을 내쉬며 고개를 들었다가 하마터면 소리를 지를 뻔했다. 여태까지 도서실을 찾는 아이는 없었기에 영은 누군가 자신을 내려다보고 있을 거라고는 상상조차 하지 못했다. 한동네 친구인 수였다.

"얼굴이 왜 빨개?"

"무슨 상관이야."

수가 이를 드러내며 웃었다.

"우리가 들어와서 한참을 보고 있는데도 전혀 모르더라."

건너편 서가에 사내아이가 한 명 더 있었다. 아랫마을에 사는 같은 반 섭이었다. 섭은 눈을 내리깐 채 책 고르는 시늉을 하는 중이었다. 영은 앉은 자리에서 일어나책을 서가에 꽂았다.

"너, 이야기 정말 좋아하는구나."

영은 대꾸하지 않았다.

"이야기 좋아하면 가난하게 산다던데."

그 말이 영을 건드렸다. 수의 집이든 섭의 집이든 가난하지 않은 집이 있던가. 아니 주변의 아이들 가운데가난하지 않은 아이가 몇이나 되던가. 그게 다 이야기를좋아해서였던가.

"넌 꼭 못된 어른처럼 말하는구나."

영의 말에 수는 입을 벌린 채 어물거렸다.

"열쇠는 너희가 교무실에 갖다 둬."

영은 탁자에서 가방을 낚아채 도서실에서 나갔다.

집으로 돌아가는 길은 하염없이 멀었다. 다른 책을 읽지 못한 탓도 있었다. 학교 후문을 빠져나와 마을 골목을 따라 걷다가 무넘깃둑을 건넜다. 거기서부터 한창 공사 중인 새로운 기찻길까지는 가파른 비탈이었는데 양옆으로 층을 이룬 논에서 보리가 자랐다. 푸른 들판이 어느덧 누런 빛을 품고 바람 따라 일렁였다.

공사 중인 굴다리를 지나면 원래의 기찻길에 이르기까지는 완만했다. 그만큼 지루하기도 했다. 고개를 들면 영의 마을을 굽어보는 산이 저 멀리 보였고 그 옆으로 산등성이들이 전설에 나오는 짐승의 꼴을 이루며 이어졌다. 어른들은 왼쪽 산등성이를 가리켜 엄마산이라 불렀는데 영이 보기에는 오히려 낙타에 가까웠다. 쌍봉낙타 말이다. 보리밭을 지나온 바람이 영을 휘감고 지나갔다. 그 바람에 간신히 갈무리했던 무언가가 깨어나더니 가슴 한구석을 채웠다.

이야기를 좋아하면 가난하게 산다는 말. 그 말을 언제 처음 들었는지 몰라도 그 말을 처음으로 기억하게 된 순간만은 또렷했다.

아직 엄마와 살던 때였다. 서울이기도 하고 서울이 아니기도 한 도시 변두리의 골목길에서 무엇 때문인지 몰라도 엄마는 화가 나 있었고 영은 겁에 질려 있었다. 엄마는 뒤돌아보지도 않은 채 성큼성큼 걸어갔다. 지금 엄마를 붙잡지 못하면 영원히 버림받을 것 같은 기분이 든 영은 달려가 엄마의 손을 잡았다. 엄마는 잡힌 손을 뿌리치더니 영을 돌아보았다.

"엄마."

"엄마? 누가 네 엄마야? 내가 네 엄마로 보이니?"

화가 난 엄마는 무슨 말이든 할 수 있는 사람이었지만 이런 식은 아니었다.

"넌 누구니? 난 네 엄마가 아닌데."

영은 엄마의 말을 이해해보려 애썼지만 도무지 알 수가 없었다. 엄마인데 엄마가 아니라니.

"네 엄마는 벌써 죽었어. 너 때문에 속 터져서 오래전에 죽었다고. 엄마라고 부르지 마. 이모라고 불러, 알았어?"

그래 놓고 엄마는 배시시 웃었다. 엄마도 그 말이 웃긴다는 듯.

"너 땜에 못 살겠다."

허리를 굽힌 엄마는 영의 얼굴을 지그시 바라보다가 이렇게 덧붙였다.

"이야기 좋아하면 가난하게 산다더니, 정말."

그 말이 영의 마음속에 새겨진 까닭은 영에게 하는 말인 것도 같고 엄마 스스로에게 하는 말인 것도 같아서였다. 영은 언제나 묻고 싶었다. 이야기를 좋아하면 왜 가난하게 사는지. 이야기를 좋아하면 왜 손가락질을 당해야 하는지. 엄마와 영이 그렇고 그런 삶을 살게 된 게 다 이야기를 좋아해서였는지.

이듬해 말쯤이면 사라진다는 기찻길을 따라 걸으며 처음으로 영은 그 뒤의 풍경을 그려보았다. 머지않아 이 기찻길도 읽다 만 책이 될 테니까. 철교 아래를 지나 개울을 따라 걸어 빨래터를 지나고 작은 무지개다리를 건넌 영은 마을로 이어지는 길에 들어섰다.

저 앞에서 웬 노인이 걸어왔다. 할아버지는 아니었다. 처음 보는 사람이었지만 영은 고개를 숙여 인사했다. 얼굴이 새까맣게 그을린 노인이었는데 별말 없이 영을 지나쳐 갔다. 노인은 이야기를 좋아할 것처럼 보이지는 않았다. 하지만 여느 사람들 못지않게 가난해 보였다.

할머니와 할아버지 손에 이끌려 이곳에 처음 왔던 날부터 영은 도망가는 꿈을 꾸었다. 영이 무슨 꿈을 꾸는지 아는 것처럼 할머니와 할아버지는 잠시도 한눈을 팔지 않았다. 한 달도 지나지 않아서였다. 세 식구가 낮잠을 자던 어느 휴일에 영은 잠든 척하고 때를 기다렸다. 두 노인이 잠든 걸 확인하고 집을 나선 영은 마을을 빠져나갔다. 기억을 더듬어 왔던 길을 되짚어갔는데 생각만큼 어렵지 않았다. 기찻길은 어디서나 보였으니까. 아랫동네에 이르러 철교 밑을 지났다. 철둑을 따라 걷다가 기찻길에 올라설 수 있었다.

남쪽과 북쪽이 잠깐 헷갈렸지만 눈에 익은 저 산모롱이만 지나면 간이역이 있을 거였다. 영은 호주머니에 손을 넣고 지폐를 만지작거렸다. 그때 영은 겨우 일곱 살이었다. 엄마는 영이 초등학교를 마칠 무렵 데리러 오겠다고 했다. 엄마와 함께 살면서 도시의 중학교에 다니게 될 거라고 약속했다. 영은 속지 않았다. 금방이라고 했지만 하루 이틀도 이토록 기나긴데 햇수로 7년 가까이나 기다릴 엄두가 나지 않았다.

기찻길 주변에서 놀던 그 동네 아이들이 영을 물끄러미 바라보았다. 누군가 한동안 영의 뒤를 쫓아오기까지 했다. 산모롱이를 돌아가자 그 아이는 되돌아갔다. 저 앞에 간이역이 보였다. 저탄장에 산처럼 쌓인 석탄과 시

커먼 무개화차들과 연탄공장도. 그것들이 뭔지 몰랐지만 영은 왠지 서글펐다. 기찻길을 따라 걷는 어린 영을 눈여겨보는 이는 없었다. 기찻길이 여러 갈래로 늘어나는 지점에 이르자 덜컥 겁이 났다. 신호기가 장승처럼 영을 굽어보았다. 선로 체결 장치가 삐걱거렸다. 간이역에는 승강장이 두 군데나 있었고 기찻길은 네댓 개가, 아니 연탄공장으로 휘어져 들어가는 측선까지 더하면 예닐곱 개가 있었다. 길을 잃은 기분이었다.

승강장에 오른 영은 낡은 벤치에 앉았다. 다리가 후들거렸다. 맥이 풀려서 고개를 들 힘조차 없었다. 해는 여전히 높은 하늘에 떠 있었고 낮잠이라도 자는 것처럼 흐늘거렸다. 역무원이 다가와 영에게 어디 사는지, 왜 여기 있는지를 캐물었다. 그런 질문에 준비해둔 대답은 할아버지 심부름이라는 거였는데 영은 한마디도 대꾸하지 못했다.

남쪽으로 가는 완행열차 한 대가 멈추었다가 떠나갔다. 승강장은 다시 텅 비었다. 할아버지 손에 이끌려 이곳에 올 때는 마음만 먹으면 돌아갈 수 있으리라 믿었는데 그 방법을 전혀 모른다는 사실을 영은 방금 깨달았다. 도망갈 수 없다는 깨달음은 당연하게 여겨졌지만 할머니와 할아버지가 낮잠을 자고 있던 집으로도 돌아갈 수 없을 거라는 예감은 혼란스러웠다. 잘못을 저질렀으니 용서받을 수 없을 테고 또 어디론가 끌려가 버려지겠지. 그런 생각으로 머릿속이 가득해졌을 때 기찻길을 따라 걸어오는 노인이 보였다. 할아버지였다.

영은 가만히 앉은 채로 기다렸다. 외출이라도 나선 것처럼 단정하고 곱게 차려입은 할아버지. 할아버지의 구두코가 눈앞으로 쓱 다가왔다. 할아버지의 거친 손가락이 영의 두 눈가를 문지르고 지나갔다. 할아버지는 등을 돌려 영 앞에 쪼그려 앉았다.

"아가, 얼른."

영은 할아버지 목을 감싸고 등에 업혔다. 그렇게 집으로 돌아왔다. 처음이자 마지막인 가출 시도였다.

집으로 돌아오는 길에 무슨 일이 있었던가. 별일은 없었다. 할아버지는 아랫마을을 지날 때 물었다.

"혜영아, 엄마 보고 싶지?"

영은 이마를 할아버지의 목덜미에 가볍게 비비는 것으로 대답을 대신했다. 마을 앞 정자에 이르렀을 때 할아버지가 말했다.

"나도 네 엄마가 보고 싶구나."

할아버지는 힘에 겨워 떨고 있었다. 영을 업고 그 먼 길을 왔으니 그럴 만했다. 할아버지는 갈림길에서 오른쪽으로 들어섰다. 잠시 걸음을 멈추고 숨을 골랐다. 가느다란 떨림이 영의 가슴과 배로 전해졌다. 할아버지의 날숨이 영의 손등을 간질였다. 할아버지는 늙고 허약하니까. 영은 가볍지만 먼 길을 업고 왔으니까. 그래서인 줄만 알았다.

마을 들머리에 이른 영은 언제나 그렇듯이 오른쪽 길로 접어들었다. 마을 골목길보다 에둘러 가는 길이지만 사람들과 마주칠 일이 적었다. 별 의미 없이 던지는 질문에 일일이 대답하기가 귀찮았다. 대답한들 귀담아듣는 것 같지도 않았다.

집이 가까워지자 영은 머릿속에 펼쳐둔 책을 접었다. 이제 정말 읽다 만 이야기를 학교 도서실에 두고 와야 할 순간이었다. 이런 생각은 영에게 하나의 이미지로 남았다. 세월이 흐르고 흘러 이 마을에 대한 기억마저 희미해진 뒤에도 등교하고 하교하던 그 길은 끝없이 펼쳐지는 책으로, 한 장을 펼치면 접혀 있던 다음 장이 펼쳐지고 그런 식으로 마지막 장에 이르면 기나긴 길이 되는 한 권의 책으로 남게 되었다.

그날 이후 영은 도서실에서 섭과 자주 마주쳤다. 영을 방해하지 않으려고 발소리를 죽인 채 서가를 돌아다니는 섭이 보였다. 그게 더 신경에 거슬렸다. 도서실의 공기가 달라졌다. 영이 숨을 쉬려 하면 주변의 공기가 도망이라도 치는 것 같았다. 햇살마저 머뭇거리며 쏟아졌다. 허락을 기다리듯 격자창에 잠시 머물렀다가 겨우 그 창을 통과한 것처럼.

영은 언제나처럼 다음 이야기가 궁금해지는 순간이 오면 미련 없이 책을 내려놓았다. 섭은 영에게 잘 가라고 한 뒤 열쇠는 걱정 말라는 말을 우물거리며 덧붙였다. 교무실의 열쇠 걸이에 걸린 도서실 열쇠는 자리가 늘 바뀌었다. 그럴 때마다 영은 열쇠에게 안부 인사를 받는 기분이었다.

도서실에서 처음 섭을 본 뒤 2주가 지난 어느 날이었다. 영은 섭이 읽는 책을 힐끔거렸다. 섭은 무거운 물건이라도 되듯 두 손으로 책을 얼굴 가까이 받쳐 들고 읽었다. 영의 시선을 따라 섭의 손가락이나 팔뚝이 눈에 띄지 않을 만큼 조금씩 움직였다. 그 탓에 제목을 알아볼 수가 없었다.

"뭐 읽어?"

영이 묻자 섭이 고개를 들었다.

"그, 그냥."

대답이라 할 수도 대답이 아니라고 할 수도 없었다. 하늘의 해가 한 걸음 걷고 난 뒤 책을 서가에 꽂은 영은 섭을 지나치다 슬쩍 제목을 보았다.

"나도 읽은 거네."

고개를 든 섭의 얼굴에서 햇살이 어른거렸다.

"너도 공상과학소설 좋아해?"

"딱히 그렇진 않아. 가리지 않고 읽는 쪽이야. 재미있는 이야기라면 뭐든."

섭이 부드럽게 고개를 끄덕였다. 부드럽게. 저렇게 고개를 끄덕이는 사람을 영은 알고 있었다. 옛날이야기를 들려줄 때의 할아버지가 그랬다.

철로 공사장의 굴다리를 지난 영은 저 앞에서 터덜터덜 걸어가는 섭을 보았다. 도서실에서 먼저 나온 건 영이었는데 섭이 어떻게 앞질러 갔는지 알 수 없었다. 영은 평탄한 길에서 섭을 따라잡았고 기찻길에 이를 때까지 이런저런 이야기를 나누었다. 머리부터 누렇게 익어가는 보리밭에서 불어오는 바람에는 보리밭의 속삭임이

실려 있었다. 섭의 집은 기찻길이 코앞에 내려다보이는 언덕 위였다. 섭이 가방을 벗더니 책을 꺼내 영에게 건넸다.

"읽던 책 맞지? 이거 가져가."

"대출 안 되잖아. 선생님이 알면 도서실에 못 가게 할 거야."

"걱정 마. 내가 쭉 지켜봤는데 선생님들 누구도 신경 안 써. 다 읽고 갖다 두면 되잖아. 등교할 때 나한테 주면 알아서 할게."

"고마워. 하지만 이건 내가 갖다 둘게. 앞으로 이러지 않아도 돼."

발끝을 내려다보던 섭이 물었다.

"근데 언제부터 책 좋아했어?"

"그냥 이야기가 좋아."

"응, 이야기. 우리 엄마랑 누나들도 그래."

섭이 손을 흔들었다. 자기는 이야기를 좋아하지 않기라도 하는 것처럼.

집으로 가는 동안 영은 옛 기억을 떠올렸다. 가출을 감행했다가 할아버지 등에 업혀 돌아온 지 얼마 안 되었을 때였다. 영은 어딘가에 숨고 싶었지만 집에는 숨을 만한 곳이 달리 없었다. 집 뒤쪽에는 꽤 넓은 밭이 있었고 할머니와 할아버지는 그 밭에서 여러 작물을 길렀다. 담장에는 밭으로 이어지는 쪽문이 있었다. 영은 쪽문으로 나가 밭 한구석의 작은 비닐하우스에 들어갔다. 생각보다 아늑해서 자주 그곳을 찾았다. 어느 날엔가는 거기에서 잠들었다가 날이 저물 때 깨어났다. 덜컥 겁이 났지만 흐릿한 어둠 속에서 영이 깨어나길 기다리는 할아버지를 보았다. 영은 손등으로 눈을 비비며 학교에 갈 시간이냐 물었고 할아버지는 고개를 저었다.

"잠꼬대를 하더구나. 무슨 꿈을 꾸었는지 이야기해보렴."

영은 아무것도 기억나지 않았다.

"할 얘기가 없어요."

"이야기를 하고 싶지 않은 사람은 있어도 할 이야기가 없는 사람은 없단다. 뭐라도 해주겠니."

새 떼가 비닐하우스 위로 지나갔다.

"엄마가 엄마가 아니래요."

"그게 무슨 말이니?"

영은 아랫입술을 지그시 깨물었다.

"엄마라고 부르지 말라고 했어요. 이모라고 부르라 했

어요. 엄마는 저 때문에 속이 터져서 죽었다고요."

"그래서?"

"그러더니…… 미친년처럼 웃었어요."

어두웠지만 할아버지의 미소를 알아볼 수 있었다. 할아버지가 나직한 목소리로 말했다.

"미친 게 죄는 아니란다. 미쳤지만 누구보다 착한 사람 이야기를 하나 알고 있는데, 해주랴?"

영은 고개를 끄덕였다.

"옛날 옛적에 날 때부터 미친 사람이 있었는데, 얼마나 미쳤냐 하면 엄마를 아빠라 부르고 아빠를 엄마라 부르고 할아버지를 바보라 부르고……"

그렇게 할아버지의 이야기는 이어졌다. 할아버지를 바보라 부른다는 대목에서 이미 영은 살풋 웃고 말았다. 고양이를 개라 부르고 개를 토끼라 부르고 밥을 똥구멍으로 먹고 입으로 방귀를 뀌는 사람의 이야기가 오래도록 이어졌다. 기쁜 일 앞에서는 울고 슬픈 일을 겪으면 깔깔깔 웃어대더니…… 모두가 절망에 빠졌을 때 홀로 희망을 버리지 않고 낙관하여 세상을 구한 사람의 이야기를. 영은 물었다.

"할아버지, 정말 그런 사람이 있었어요?"

할아버지가 고개를 끄덕였다.

"그래, 있었을 게다. 본 적은 없지만 꼭 본 적이 있는 것만 같구나. 그냥 지어낸 이야기란 없으니 말이다."

그냥. 그냥이라는 말이 지금 듣는 것처럼 영의 귓가에 맴돌았다. 영은 누군가의 물음에 그냥이라고 답하는 사람이 반드시 무심해서 그런 것만은 아닐 수도 있음을 헤아렸다.

집 앞에 이르자 음식 타는 냄새가 났다. 부엌 문틈으로 희미한 연기가 새어 나왔다. 부엌에 들어가보니 석유풍로 위에서 냄비가 타고 있었다. 영은 냄비를 마당의 수돗가에 옮겨놓았다. 바짝 졸다가 검게 타버린 미역국이 냄비 바닥에 들러붙어 있었다.

냄비에 물을 채워놓고 마루에 올라 방문을 열었다. 잠든 할머니의 얼굴이 문 쪽을 향해 있었다. 두 눈가에는 눈물 마른 자국이 있었다. 영이 오길 기다리다 미역국을 데우려고 석유풍로에 올려놓은 뒤 깜빡 잊고 잠들어버렸을 할머니. 잊어서 잠들었거나 잠들어서 잊었거나. 지난겨울부터 할머니는 어디론가 가는 중이었다.

가벼운 풍이니 괜찮을 거라고들 했지만 겨울 내내 할

머니는 면 소재지의 침쟁이에게 침을 맞고도 차도가 없었다. 할머니의 얼굴에 전과는 다른 주름살이 생겼다. 원래의 주름을 가로지르는 무례한 주름살이어서 할머니의 고운 얼굴에 심술궂은 표정을 새겨 넣었다.

그 얼굴에 익숙해지자 예전의 얼굴이 가물거렸다. 기억하고 싶은 얼굴이 희미해지면 이 낯선 얼굴만을 기억하게 될지도 몰랐다. 그러나 이 얼굴도 할머니의 얼굴이었다. 머지않아 할머니도 읽다 만 책이 될 테니 영은 똑똑히 기억해두고 싶었다. 영은 벽에 걸린 달력을 보았다. 이처럼 봄이 깊다가 곧 여름이 되겠지. 여름이면 영의 생일이 있었고 엄마가 영의 생일을 잊은 적은 없었다. 중학교 입학도 준비해야 할 테니 이번 여름에는 엄마가 꼭 오리라 믿었다. 영은 섭이 준 책을 가방에서 꺼냈다. 할머니 옆에 엎드려서 읽다 만 쪽을 펼쳤다.

이번에도 이야기는 영이 기대했던 것과는 다른 방향으로 흘러갔다. 오후가 저물고 있었다. 영은 책가방에 다시 책을 넣고 내일까지 해가야 할 숙제를 확인했다. 등 뒤에서 할머니가 부스럭거렸다.

"여보, 다녀왔어요?"

영은 등골이 서늘해졌다.

"잘 있던가요, 우리 명숙이. 가엾은 우리 명숙이가 안부를 묻던가요."

영은 무릎걸음으로 할머니에게 다가갔다.

"할머니, 할아버지가 엄마 만나러 간 거예요? 엄마가 어디서 사는지는 모른다고 했잖아요."

할머니가 언젠가의 엄마처럼 배시시 웃었다.

"우리 강아지구나. 암, 모르지. 알려주질 않으니 알 수가 없지."

"약은 드셨어요?"

"먹었다. 할머니 걱정해주는 건 우리 손녀밖에 없구나."

할머니는 영의 볼을 손으로 쓰다듬었다.

"할아버지는 언제 와요?"

"먼 도시에 갔으니 내일이나 올 거다. 할아버지가 공무원이던 시절에 많은 도움을 주셨던 분이 돌아가셨단다."

할머니와 함께 저녁을 먹고 숙제를 하고 텔레비전 드라마를 보았다. 안방 윗목에는 미닫이문이 있고 문 너머가 영의 방이었다. 영은 다음 날 가져갈 교과서와 숙제를 책가방에 잘 챙겼는지 확인하고 안방으로 돌아와 불을 끈 뒤 할머니와 나란히 누웠다.

"할머니, 할아버지 없으니까 쓸쓸하죠."

"우리 강아지가 있어서 괜찮다."

영과 할머니는 동네에서 이야기 좋아하는 사람으로 소문난 지 오래였다. 마을 사람들은 드라마 줄거리가 헷갈리거나 옛날이야기를 두고 누가 옳고 그른지를 따지는 상황이 되면 영의 할머니에게 확인해봐야겠다는 말로 아퀴를 짓곤 했다. 특히 아주머니들은 정말 그런 일을 핑계로 영의 집을 찾아왔다. 할머니마저 고개를 갸웃거리는 문제가 있으면 옆에 있던 영이 시시콜콜 뭐가 옳은지를 일러준 터라 그 할머니에 그 손녀라고 소문이 나게 된 거였다.

이곳은 할머니와 할아버지의 고향 마을은 아니었지만 당신들의 고향도 여기 못지않은 시골이라고 했다. 할머니와 할아버지는 한동네에서 자라 어린 시절부터 알고 지냈는데 어른이 되어 도시에서 다시 만났고 당시로는 드물게 연애결혼을 했다.

할머니는 몸이 약해서 아기가 잘 들어서지 않았다. 뒤늦게 얻은 아기가 바로 영의 엄마였다. 너무 자주 들어서 외울 지경이 된 이야기였지만 영은 들을 때마다 새로웠다.

"몸 풀고 며칠 지나서야 네 엄마를 자세히 보았는데

어쩜 그리 야무지게도 생겼던지. 태몽도 참 신기했다. 산에서 커다란 바위가 굴러떨어져서 다들 피하라고 소리를 치더구나. 이걸 피하면 다른 사람들이 다칠 것 같아서 그냥 버티고 섰다. 집채만 한 녀석이 품에 쑥 들어오더니 스르르 녹아 스며들더구나."

당사자는 알지 못한 채로 그이에게서 태어나는 최초의 이야기는 태몽이 아닐까 싶었다. 그렇지만 영은 할머니가 꾸었다는 엄마의 태몽보다 몸을 푼다는 말이 불러일으키는 묘한 감상에 더 이끌렸다. 몸을 풀다니. 몸이 끈이나 보자기라도 되는 것처럼 말하는 방식 덕분에 이야기가 이야기다워질 수 있다는 생각이 들기도 했다. 몸으로 꽁꽁 싸맨 아기를 세상에 내어놓거나 아기에게 얽혔던 엄마가 스스로를 구해내거나, 영의 생각은 어디로든 갈 수 있었다.

밤새 우는 소리가 들렸다. 소쩍새던가. 솥 적다, 솥 적다 하고 운다는 이야기는 누가 만들었을까. 그냥이겠지. 할머니가 말했다.

"네 엄마는 할머니 품이 필요해. 그러지 않으면 어디론가 한없이 굴러떨어질 테니까. 할머니가 엄마 옆에 있어줘야 했는데…… 우리 혜영일 두고 내가 어딜 가겠니."

영은 할머니 품을 파고들었다. 할머니도 영을 꼬옥 껴안았다.

"잘 자라 우리 아가."

영은 궁금했다. 그 말이 누구를 향한 것인지. 새벽녘 영은 할머니의 잠꼬대에 설핏 잠에서 깼다.

"명숙아, 네가 왔구나. 잘 지내는 거지?"

영은 손을 내밀었다. 귀신이라도 본 것처럼 허공을 휘젓는 할머니의 손을 잡았다. 할머니의 손은 영의 손안에서 부들거렸다.

"가지 마라, 명숙아, 응 가지 마라."

"할머니, 나 혜영이야. 엄마가 아니라 혜영이라구. 걱정하지 마, 나 어디 안 가."

이윽고 할머니의 떨림이 잦아들더니 고른 숨소리가 들려왔다. 어느 집에서 닭이 홰를 치는 소리가 들렸다.

영은 일찍 등교하는 습관이 있는 터라 아직 길은 한산했다. 섭이 기찻길에 나와 있었다.

"책 줘."

"내가 갖다 둔다니까."

"나도 읽고 싶어서 그래."

"도서실에 둘 테니 알아서 가져가든지 말든지."

"오늘은 도서실 들를 시간이 없어."

영은 책을 섭에게 건네주었다.

"재미있어?"

"그럭저럭."

누군가 섭을 불렀다. 기찻길을 따라 수가 걸어왔다. 수는 어제 영의 집을 지나며 열린 대문을 통해 보았던 것들을 섭에게 주절거렸다. 수는 자기 할머니도 치매였기 때문에 잘 안다며 영의 할머니가 걱정된다는 투였는데, 사실은 뭔지 몰라도 냄새가 고약했다고 떠벌리고 싶은 듯했다. 영은 미역국을 태운 거라고 말했다.

"너 생일 아니잖아?"

"미역국을 생일에만 먹나."

"생일 아니면 잘 안 먹지. 우리 엄마도 1년에 두 번 생일 아닌 날에 미역국을 끓여. 우리 누나 말로는 우리보다 앞에 태어난 형과 누나가 한 명씩 있었는데 어릴 때 죽었대. 엄마가 생일을 기억하고 그러는 거라더라."

옆에서 섭이 수를 거들었다.

"우리 엄마도 그러셔."

영은 그런 생각을 해본 적이 없기에 속으로는 놀랐지

만 내색하지 않았다.

하루 종일 영의 머릿속에서 그 말이 떠나지 않았다. 할머니, 할아버지, 영의 생일은 아니었으니 정말 누군가의 생일을 기억하기 위한 거였다면 엄마일 수밖에 없을 테니까. 영은 엄마 생일이 언제였는지를 기억하려 애썼다. 그런 기억은 나지 않았다. 영이 아는 엄마와 실제 엄마와의 거리가 아득했다. 눈을 감고 징검다리를 건너듯 기억과 기억을 디뎌가며 헤맸지만 대단한 비밀이랄 수도 없는 엄마의 생일조차 언제인지 알아낼 수 없었다.
자신을 자신이라 증명하지 못해 억울해하던 옛이야기 속 사람들이 어떤 기분이었을지 알 것 같았다. 어느 날 갑자기 소가 된 사람부터 자신과 똑같은 사람으로 둔갑한 쥐 때문에 쫓겨난 사람까지. 가위에 눌린 기분과 비슷하겠지. 말하려 해도 소리가 되어 나오지 않는 말들.

초여름이다 싶더니 장마에 접어들었다. 그날 이후 영은 불쑥불쑥 솟아오르는 생각에 사로잡혔다. 집에서도 그랬지만 등굣길에도 하굣길에도 교실에서도 운동장에서도 그랬다. 할머니가 엄마와 아빠가 만난 이야기를 들려준 적은 있었다.

"엄마랑 아빠는 퍽 다른 사람이었는데도 서로를 사랑했어. 그리고 너를 낳았지."

엄마가 아빠의 어디를 좋아했냐고 물었다. 엄마는 아빠의 살아온 이야기에 흠뻑 빠진 거라고 했다.

"가난한 집에서 태어나 어렵게 살았는데 밝고 정직한 사내가 되었다는 사실이 엄마 마음을 사로잡은 거란다."

그런 이야기는 으레 행복하게 끝나던데 현실은 달랐다.

여름방학을 며칠 앞둔 월요일이었다. 오전에는 6학년 여학생과 남학생을 분리해서 성교육을 했다. 초경을 치른 아이도 몇 명 있는 것 같았다. 다른 아이들은 엄마나 언니에게 이미 들어서 다 안다는 듯 굴었다. 그 시간에 선생들은 소지품을 확인한다며 일제히 가방을 검사했다. 영의 책가방에서 도서실에 있어야 할 책 세 권이 나왔다.

교육이 끝난 뒤 영은 교무실로 불려 갔다. 영은 체육 선생 앞에 고개를 푹 숙인 채 섰다.

"이게 왜 네 책가방에 있지?"

체육 선생은 입이 험한 데다 손찌검도 서슴지 않는 사람이었다.

"공부 못하는 것들이 꼭 책 읽는 걸 좋아한다고 해요. 취미가 뭐냐면 독서라지. 야, 박진수, 너 취미가 뭐야?"

교무실에 있던 수가 얼떨결에 독서라고 답했다.

"거봐라. 저렇게 공부 못하는 애들이나 독서를 하는 거야."

영의 마음이 복잡했다. 얼마 전에 도서실에 새 책이 들어왔다. 영이 읽고 싶던 책이었다. 지금껏 아무 일 없었으니 괜찮겠지 싶어 그중 세 권을 집으로 가져갔다. 주말에 당직을 섰던 선생이 방학 숙제로 내줄 책을 찾아 도서실에 들렀다가 책 몇 권이 없는 걸 알게 된 모양이었다. 체육 선생의 목소리가 귓가에서 울려댔다.

영은 할머니와 할아버지만 떠올랐다. 영에게 실망해 괴로워하는 모습이. 영은 한결같은 모범생이었다. 할머니와 할아버지는 교사 단합대회뿐만 아니라 담임 선생의 생일도 거르지 않았고, 학교에 가져다줘야 할 돈을 아까워하지도 않았다. 영이 기죽지 않기를 바라서였다. 지난 세월이 순식간에 머릿속에서 흘러갔는데 이런 걸 두고 주마등처럼 스쳐 간다고 하는구나 싶었다. 영은 울지 않기 위해 입술을 꽉 깨물었다.

"우리 학교 교훈이 뭐냐. 근면 성실 정직이야. 다시 말해 도둑질하지 않기, 거짓말하지 않기. 자, 이게 왜 너한테 있지?"

영은 고개를 저었다.

"훔친 건 아니에요. 준섭이한테 빌린 거예요."

"아하, 친구에게 떠넘기시겠다. 욕심이 나서 가져갔다고 실토하면 훈계로 끝날 수도 있는데 거짓말을 하시겠다. 넌 취미가 절도와 거짓말이구나. 박진수, 가서 최준섭 오라고 해."

수가 질린 얼굴로 교무실을 나갔다. 불려 온 섭이 영 옆에 나란히 섰다.

영은 이 순간을 모면하기 위해 거짓말을 했지만 더 심각한 곤경에 처하게 되었음을 깨달았다. 섭은 아무것도 모르니 곧이곧대로 말할 테고 영은 도둑질에 거짓말까지 하는 못된 아이로 손가락질을 받게 될 터였다.

"최준섭, 이 책들 알아?"

"예, 선생님."

"그래? 그럼, 도서실에 있어야 할 책들이 왜 문혜영의 책가방에 있지?"

"제가 빌려줘서 그렇습니다."

체육 선생의 얼굴이 일그러졌다.

"진수 이 자식이 뭔가를 일러준 모양인데 다 확인하는 방법이 있지."

선생은 책 한 권을 들고 표지를 섭에게 보여주었다. 갈피를 넘기다가 멈추더니 의미심장한 미소를 지었다.

"자, 여기 존이 집을 나가네. 존은 집을 나가서 어디로 갔지?"

"버스 터미널에 갔습니다."

존이 왜 집을 나갔는지 버스 터미널에는 무얼 하려고 갔는지 묻지 않았는데도 섭은 방금 읽은 내용이라도 되듯 차분하게 설명했다. 영의 머릿속에서도 그 이야기들이 되살아나 헤엄을 쳤다. 체육 선생은 다른 쪽을 펼치고 물었다. 그 책을 내던진 뒤에는 다른 책을 들고 물었다. 그러는 내내 섭은 침착했다.

"이거 보기와는 완전히 딴판인 녀석이구만. 공상과학 소설 따위나 읽고 다니게 생긴 놈이 말이야. 어쨌든 허락 없이 가져갔으니, 아니 훔쳐 갔으니 몇 대 처맞고 반성하자."

"예, 알겠습니다."

"그리고 문혜영 너도 잘한 거 없어. 친구가 도둑질을 했으면 선생님한테 일러바쳐서 올바른 길을 가도록 해야지."

영은 고개를 숙인 채 아무 말도 하지 않았다.

교무실을 나오기 전에 영은 섭과 눈이 마주쳤다. 섭이 부드럽게 고개를 끄덕였다. 부드럽게. 캐비닛의 열쇠 걸이에 걸린 도서실 열쇠를 볼 때마다 안부 인사를 받는 기분이 들었던 까닭을 알 것 같았다. 열쇠를 쥐었던 사람의 온기가 남아서였음을. 영은 그때 예감했다. 세월이 흘러 어느 날 섭을 만나게 된다면 섭이 어떤 삶을 살아왔든 그게 무엇이든 상관없이, 섭이 살아오면서 지은 이야기는 영의 이야기보다 아름답고 흥미로워서 자신도 모르게 귀 기울이게 될 것임을.

여름방학을 하던 날이었다. 보리가 자라던 논에는 푸르고 어린 벼들이 자라고 있었다. 논에서 피를 뽑던 어른들이 허리를 펴고 서서 하교하는 아이들을 바라보았다. 마을 단위로 무리를 지어 집으로 가는 아이들의 발걸음은 가벼웠다. 영의 마을 아이들은 수가 대장 노릇을 하며 이끌었다. 기찻길에 이르러 영이 무리에서 벗어나자 수가 손나팔을 만들어 소리쳤다.

"혜영아, 동네까지는 함께 가야지."

"진수야, 널 믿어. 네가 최고잖아."

수는 떨떠름한 표정을 지었다.

아랫마을 아이들은 거기에서 뿔뿔이 흩어지는 중이 었다.

"그 책들 언제 다 읽었어?"

영이 묻자 섭이 멋쩍어했다.

"누나들 덕분이지, 뭐."

영은 가방에서 책 세 권을 꺼내 섭에게 주었다. 섭이 표지를 들여다보았다.

"도서실 책이잖아?"

"넌 도서실 출입 금지잖아. 방학 때도 내가 도서실에서 책 가져다줄 테니까 읽고 싶은 거 있으면 언제든 말해."

"노련한 도둑이 다 됐네."

"괜찮아, 책 도둑은 도둑이 아니라는 말도 있대. 우리 할아버지가."

"너희 할아버지 참 멋지시다. 널 업고 이 기찻길을 걸 어가시던 때부터 그렇게 생각하긴 했지만."

섭은 영을 처음 보았던 날에 대해 말했다. 영이 혼자 서 기찻길을 걸어 간이역으로 가던 날, 하늘이 어떻게 푸르렀는지에 대해. 기찻길에 피어오른 아지랑이 속을 걸어 멀어지던 영의 뒷모습과 그 길을 따라 걷던 영의 할아버지와 오래지 않아 영을 업고 되돌아오던 모습까지. 섭은 그 모든 걸 지켜보았고 잊지 않았으며 잊을 수 없었노라고 말했다. 왜 잊을 수 없었냐고 물으면 섭은 분명 그냥이라고 답할 테니 영은 묻지 않았다.

영은 섭에게 손을 흔들고 돌아섰다. 뒤돌아보니 섭은 자기 집으로 가는 오르막길에 서서 영을 지켜보고 있었다. 섭이 손을 흔들었다. 오래전 어린 섭은 그 자리에서 어린 영이 오가는 걸 지켜보았을 것이다. 호기심에 뒤따라가기도 했을 것이다. 할머니와 할아버지밖에는 없을 줄 알았는데 자신을 기억해주는 다른 사람이 있다는 사실이 영은 낯설고 신기했다. 기억하는 나와 기억되는 나는 다른 존재 같았고, 이러한 불일치야말로 평범해 보이는 인간이 사실은 얼마나 신비로운 존재인지를 말해주는 것 같았다.

집에 도착한 영은 마루에 가방을 벗어놓고 할머니를 불렀다. 안방에도 부엌에도 없었다. 뒷담 쪽문으로 나가보았다. 할아버지도 없었다. 영은 마루에 앉아 볕이 쏟아지는 마당을 바라보았다. 강아지가 마루 밑에서 낑낑대고 매미가 여기저기서 울었지만 영의 귀에는 들리지 않았다. 문득 정신을 차려보니 마당 한가운데 수가 서 있었다.

"너 기다릴까 봐 걱정돼서 우리 엄마가 보냈어. 너희 할아버지가 엄마한테 일러주고 가셨대. 할머니 몸이 안 좋으셔서 병원에 가셨나 봐. 늦어질 수 있으니 걱정하지 말라고 하셨어."

"고마워, 진수야."

돌아서던 수가 머뭇거리더니 한숨을 쉬면서 말했다.

"내가 했던 말 기분 나빴다면 미안해. 정말로 미안해. 이 말을 꼭 하고 싶었는데 기회가 없었어."

영이 물끄러미 바라보자 수가 더듬거리며 덧붙였다.

"이야기 좋아하면 가난하네 어쩌네 했던 거."

영이 빙그레 웃었다.

"난 벌써 잊었어. 괜찮아."

수가 고개를 끄덕였다.

"그리고 난 사실 그 말이 싫지 않아. 그럴 수만 있다면 기꺼이 가난해지고 싶어."

수의 표정이 복잡해졌다.

수가 돌아가고 난 뒤 영은 사정을 헤아려보았다. 할아버지가 쪽지도 남기지 못하고 떠날 만큼 경황이 없었다면 할머니 상태가 예사롭지 않다는 뜻인 듯했다. 그러나 할아버지는 할머니 일이라면 언제나 그렇지 않았던가.

지난해 늦여름 태풍이 오던 날에도 그랬다. 할아버지는 부엌에 앉아 밤을 새웠다. 뒷담 아래에 지붕 쪽으로 길게 휘어져 자란 참죽나무가 있는데 바람을 이기지 못하고 쓰러질까 봐 걱정이 되어서였다. 할머니가 사고를 당한 사람들의 이야기를 듣고 저 나무가 괜찮을지 모르겠다는 말을 한 탓이었다. 그렇게 걱정이 된다면 베어내도 되련만 할머니와 할아버지는 오래 묵은 나무를 베어낸다는 생각 자체를 끔찍하게 여겼다. 이러지도 저러지도 못하니 밤새 나무가 괜찮은지 지켜보고 있을 수밖에 없던 할아버지였다.

지난겨울부터 봄이 될 때까지 할아버지는 날마다 할머니를 데리고 침쟁이에게 다녀왔지만 귀찮다거나 힘들다는 내색을 한 적이 없었다. 할머니가 해준 음식이 짜든 싱겁든 늘 맛있게 먹었고, 할머니가 이야기를 해달라고 조르면 지그시 눈을 감고 대체 어디서 시작되었는지 알 수 없는 이야기들을 지치지도 않고 들려주었다. 그러기를 바랐다. 할머니가 위중한 상태가 아니어도 전전긍긍하던 여느 때의 할아버지였기를.

가난한 이야기

쓰르라미마저 잠잠한 밤에 수가 다시 찾아왔다. 수의 집에는 전화기가 있었다. 내일은 돌아갈 수 있을 테니 너무 걱정하지 말라 했다는 할아버지의 말을 전하기 위해서였다. 두 분 모두 없이 홀로 밤을 보내게 된 건 처음이었다.

영은 안방에 자리를 펴고 누웠다. 방학 첫날인데 소슬하기 짝이 없는 밤이었다. 마루의 불을 끄지 않은 건 무섬증을 달래기 위해서였지만 누가 오든 어둠 속에서 발을 헛디디지 않기를 바라서이기도 했다. 영은 두어 번 잠에서 깼지만 날이 밝을 때까지 곤히 잤다. 그렇다고 믿었다. 조용히 문을 열고 들어와 잠든 영을 지켜보다 옆에 누워 가슴을 토닥여주는 사람에 대한 꿈을 꾸었다.

그 사람은 시작과 끝이 불분명한 데다 하나로 이어지지 않는 이야기를 들려주었다. 우습고 슬프고 뻔하고 지루한 이야기들이 송사리 떼처럼 의식의 수면으로 몰려와 부글부글 거품을 일으키다가 바닥으로 사라지길 되풀이했다. 영의 기억에 남은 젊은 엄마의 모습이었고 그래서 영은 무섭지가 않았다.

여름 내내 할머니는 더위에 시달리며 야위어갔다. 할

머니는 즐거운 기억이 떠올랐다는 듯 불쑥불쑥 웃음을 터뜨리곤 했는데 뭐가 그리 재밌어요, 하고 물으면 방해받아 기분이 별로라는 듯 새침한 표정을 지었다.

영은 할아버지를 도와 밥을 짓고 국을 끓이고 청소를 하고 빨래를 했다. 처음에는 손사래를 치던 할아버지도 나중에는 당신이 아는 살림의 지혜를 하나씩 알려주었다. 국물을 내고 밑간을 하는 것부터 설거지를 하거나 빨래를 널고 개키는 것에 이르기까지 할아버지만의 방식이 있었다. 할아버지와 마주 앉아 감자 껍질을 벗기고 마늘을 깠다. 밭에서 상추를 솎고 깻잎과 고추를 따서 맑은 물에 헹구어 상에 올렸고 가지를 무칠 때는 할머니가 옆에서 지켜보며 하나하나 일러주었다. 물오이를 두어 개씩 따서 썰둥썰둥 잘라 고추장에 찍어 할머니 입에 넣어주었다. 할머니와 할아버지 모두 이는 튼튼한 편이어서 음식을 가려 먹지는 않았다.

영은 일주일에 한 번씩은 학교 도서실에 다녀왔다. 방학이어서 당직을 하는 선생밖에 없는 터라 눈치 보지 않고 필요한 만큼 책을 가져왔다. 학교에서 돌아오는 길에는 섭을 만나 책을 주고 이야기를 나누었다.

"중학교도 여기서 다닐 거야?"

영은 섭의 질문에 곧바로 대답하지 못했다. 영도 알지 못하는 영의 미래였다.

"왜 그렇게 물어?"

"왠지 넌 꼭 떠날 사람 같아서."

"그런 사람이 따로 있나."

"전학 간 친구가 있거든. 친한 녀석이었는데 방학하기 일주일 전에야 말해주더라고. 지난겨울에 서울로 이사를 갔어. 편지가 오기는 해."

"넌 답장 안 써?"

"모르겠어. 답장을 써야 하는데 서운한 마음이 컸나 봐. 아직 못 썼어."

"네 답장을 무척 기다릴 텐데."

여름이 깊어갈수록 영의 마음이 바빠졌다. 엄마는 1년에 꼭 한 번 영의 생일에 맞춰 엽서를 보냈다. 보내는 이의 주소는 빈칸이었지만 받는 이의 주소와 이름은 정확하게 쓰여 있었다. 엽서의 필체와 내용은 한결같아서 거기에서는 세월의 흐름이나 엄마의 변화를 읽어낼 수가 없었다.

우표에 찍힌 소인 역시 매번 서울중앙우체국이었다. 작은 선물 하나 딸려 보내는 경우도 없이 달랑 엽서 한 장이었지만 그 얇고 가벼운 종이가 지난 6년 동안 영을 지탱해준 단단한 바닥이었다. 엄마가 살아 있다는 징표이면서 언젠가 영의 앞에 나타나리라는 약속이기도 했다.

그해 생일은 토요일이었다. 영은 일주일 전부터 우체부를 기다렸다. 자전거를 타고 다니는 우체부는 이틀에 한 번꼴로 왔다. 편지와 신문은 마루에 놓아두고 부고는 마당에 던져놓고 갔다. 수요일에 집 앞을 지나는 우체부를 보고 영이 달려 나갔다.

"아저씨, 엽서 안 왔어요?"

우체부가 고개를 저었다. 금요일에는 너무 조바심이 나서 학교 도서실에 갔다 왔다. 가는 길에 섭에게 받은 책을 서가에 꽂아두고 섭이 부탁한 책을 찾아 돌아오는 길에 건네주었다. 섭이 분홍색 포장지로 싼 선물을 건넸다. 한여름의 쨍쨍한 빛이 포장지 위에서 미끄러졌다. 매미가 왕왕 울어댔다.

"내일이지? 생일 축하해."

"어떻게 알았어?"

"진수가 알려주던데. 걔는 모르는 게 없거든."

"몰라도 될 것들만 알지."

"그렇긴 해. 요즘엔 무슨 책을 읽었는지 자기가 미래

에서 왔다고 떠벌리고 다녀."

"고마워, 준섭아. 난 네 생일도 모르는데."

"너도 여름방학 때라서 친구들한테 축하 한번 제대로 못 받았잖아. 나도 겨울방학 때라서 마찬가지야."

"알려주면 꼭 기억할게."

집에 돌아와 포장지를 끄르면서 영은 몸을 푼다는 말을 떠올렸다. 포장지에서 풀려난 건 책이었다. 들어는 보았지만 읽어본 적은 없는 소설이었다. 영은 표지와 책등을 손가락으로 쓸어보았다. 책장을 넘기면서 갈피마다 고였다가 피어오르는 활자와 종이 냄새가 코끝을 간질였다. 영은 섭의 서명을 오래도록 바라보았다. 날렵하지만 부드러운 글씨체였다. 할머니가 그 책을 손으로 만지작거렸다.

골목에서 따르릉 소리가 들려왔다. 영은 대문 앞에서 우체부를 기다렸다. 우체부는 자전거를 세운 뒤 커다란 가방에서 엽서와 소포를 꺼내 영에게 건네주었다. 누런 종이로 싸인 소포는 작고 두툼했다. 영은 부리나케 방으로 뛰어 들어갔다.

"할머니, 엄마한테 엽서 왔어요."

할머니가 튼튼한 이를 드러내며 웃었다.

"잘 왔다, 잘 왔어."

엽서 내용은 다르지 않았다. 미래를 암시하는 구절은 없었다. 영은 실망했지만 엄마에게 처음 받아보는 소포가 있어서 마음을 추슬렀다. 포장지를 끄르는 영의 손길은 침착하다 못해 한없이 느렸다. 몸을 푼다는 말이 떠올랐지만 이전과는 전혀 다르게 다가왔다. 영이 상상하지 못했던 무언가가 영의 손끝에서 이뤄지고 있었다. 아주 느리게 몸을 푸는 과정도 있다는 걸. 어쩌면 온 생을 다해 풀어야 하는 무언가가 있다는 걸.

엄마가 보낸 생일 선물은 『콘사이스 영한사전』이었다. 중학생이라면 누구나 가지고 있는 바로 그 사전이었다. 중학교 입학 선물로 흔히 받는 사전 말이다. 영은 사전을 품에 안아보았다. 온기가 느껴지지 않았다. 영의 미래가 통째로 구겨져 사전 속에 들어 있는 것 같았다. 중학교는 엄마와 함께 살면서 다니게 될 거라던 말. 그 말도 사전 속에 있을 것 같았다. 그게 아니라면 굳이 사전을 선물로 보낼 까닭이 없을 테니까. 영의 눈물 한 방울이 사전 표지에 툭 떨어졌다. 눈물은 표지에서 굴러 방바닥으로 곤두박질쳤고 미세한 물보라를 일으키며 소리 없이 부서졌다.

방학이 끝나갈 무렵이었다. 어느 날 할아버지가 중요한 일이 있는데 영의 의견을 알고 싶다고 말했다.

"네가 집에 없을 때 누가 다녀갔다."

"누가요?"

"아빠란다."

"아빠는 내가 태어나기도 전에 도망갔다고 하셨잖아요."

"그랬지. 그런데 돌아왔더구나."

"사우디에서요?"

할아버지는 고개를 저었다.

"사우디는 아니란다. 어쨌든 말이다. 아빠가 너를 데려가고 싶다는구나."

영은 할 말이 없었다. 엄마가 아닌 아빠라니. 착하고 부지런하지만 책임감은 없던 사람이라며 할머니와 할아버지가 치를 떨던 아빠가 아니던가.

"엄마가 아니면 싫어요."

할아버지는 기다렸다.

"볼 수는 있어요."

할아버지가 부드럽게 고개를 끄덕였다.

"천천히 생각해보렴. 할머니는 점점 상태가 나빠질 테고 할아버지도 예전 같지가 않구나. 아빠를 따라가면 도시에서 공부할 수 있단다. 우리와 영영 헤어지는 것도 아니고 말이다."

며칠 뒤 토방 위 댓돌에 얌전히 올려진 낯선 구두를 보았다. 할아버지의 구두와는 달리 윤이 나고 매끈한 검은색 구두였다.

열린 방문으로 할아버지와 한 사내가 보였다. 사내가 고개를 돌려 영을 보았다. 낯선데도 낯익었다. 그 사내가 아빠인 모양이었다. 영이 마루에 올라가자 할아버지가 들어오라고 손짓을 했다. 영은 할아버지 옆에 앉았다. 오랫동안 이런 순간을 상상했지만 막상 그 순간을 맞닥뜨리자 무얼 어떻게 해야 할지 갈피가 서지 않았다. 가슴도 설레지 않았다. 영의 기억에 없는 데다 아빠에 대해서는 엄마조차 좋은 이야기를 해준 적이 없었으니까. 할머니는 아빠 옆에 앉아 아빠의 손을 하염없이 쓰다듬고 있었다.

"혜영아, 아빠다. 인사하렴."

할아버지의 말에 영은 꾸벅 고개를 숙였다.

"안녕하세요."

얼굴이 창백하고 몸은 비쩍 마른 아빠가 영을 지그시
바라보았다.

"너무 늦게 와서 미안하구나."

아빠의 첫마디였다. 목소리조차 먼 곳에서 들려오는
것처럼 낯설고 현실적이지 않았다. 오히려 이상한 웃음
이 목젖을 간질이며 삐져나오려 했다. 이런 게 미친 건
가. 할머니가 손을 놓아주자 아빠는 영에게 다가와 가볍
게 끌어안았다. 영도 그보다는 힘차게 끌어안을 수 있을
것 같았다.

툭, 툭. 목숨이 다한 매미가 나뭇가지에 부딪혔다가
바닥에 떨어지는 소리가 들렸다. 아빠가 우는 것 같았고
영은 그게 못내 불편했다. 조금 뒤 아빠는 영을 품에서
놓아주었다. 영은 이번에도 몸을 푼다는 말을 떠올렸다.
마찬가지로 새로웠다. 아빠가 영을 풀어준 게 아니라 영
이 아빠를 풀어준 것처럼.

아빠는 영에게 중학교는 도시에서 다니면 어떻겠냐
고 넌지시 물었다. 당장은 서먹하겠지만 한 핏줄이니 오
래지 않아 평범한 부녀지간처럼 지낼 수 있을 거라면서.
평범하다는 말이 참으로 평범하게 들렸다.

"이제 와서 그게 무슨 소용이에요. 나보다 먼저 엄마

146

를 찾아봤어야 하는 거 아니에요. 엄마랑 함께가 아니면 아무리 아빠라 해도 따라가지 않을 거예요."

아빠는 할아버지를 보며 눈으로 물었다. 할아버지는 고개를 저었다. 이 모든 걸 영은 보았다. 그리고 깨달았다. 할머니는 다시 아빠의 손을 쓰다듬었다. 시간이 흘러갔다. 방에서 흐르는 시간과 방 밖에서 흐르는 시간은 서로 달라서 열린 방문으로 내다보이는 세상에서는 눈보라가 거세게 휘몰아치고 있었다.

영은 간이역에서 아빠를 배웅했다. 터널을 빠져나온 기차가 기적을 울렸다. 조금 뒤면 승강장으로 진입할 거였다. 아빠는 조바심이 났는지 구두 끝으로 바닥을 콕콕 찍었다. 기차가 간이역으로 다가오자 아빠가 무릎을 굽히고 영을 안았다.

"아빠, 미안해요. 나도 아빠랑 살고 싶어요. 하지만 할머니와 할아버지를 이대로 두고 가진 않을 거예요. 고등학생이 되거나 대학생이 되면 찾아갈게요. 지금까지도 아빠 없이 잘 지내왔으니 내 걱정은 말고 보고 싶으면 언제든 오세요. 그리고 아빠도 아빠의 삶을 사세요."

이렇게 말한 것 같았지만 이렇게 다 말했던 것 같지는

않았다. 아빠는 알아들은 게 분명했다. 아빠가 말하지 않은 걸 영이 알아들었듯이.

"사랑한다, 우리 딸."

우리 딸. 그래 난 엄마와 아빠의 딸이지. 엄마 아빠 모두 잃어버렸지만 그 사실에는 변함이 없지. 아빠는 기차에 올라 손을 흔들었다. 영도 손을 흔들었다. 아빠, 사랑해요. 낯설고 진부한 단어가 영의 마음속에서 흘러나왔다. 부드럽게.

그날 밤 영은 할머니와 할아버지 사이에 누웠다. 영은 할머니에게 물었다.

"할머니, 지난봄에요. 미역국 냄비 태워 먹었던 날에 엄마 귀신이 왔던 거예요?"

할머니가 끙 소리를 냈다. 무슨 말인지 모르겠다는 시늉을 했지만 할아버지가 대신 대답했다.

"그랬다고 하더구나."

"그럼 그날이 엄마 생일이 아니라 제삿날인 거죠?"

이번에는 할아버지가 한숨을 내쉬었다.

"혜영아, 네 엄마는 멀리 갔을 뿐이야."

"알아요, 할머니."

잠시 침묵이 흘렀고 이번에는 영이 한숨을 내쉬었다.

"사실 할머니 병원에 갔던 날 말이에요. 처음으로 나 혼자 잤잖아요. 무서웠는데 엄마가 그걸 알고 왔었나 봐요. 새벽에 찾아와서 내 가슴을 토닥여줬어요."

영은 잠들기 전까지 많은 일을 헤아렸다. 엄마 이름으로 엽서를 보내기 위해 해마다 먼 길을 떠났던 할아버지를. 하필이면 『콘사이스 영한사전』을 고른 할아버지의 용의주도함을. 아가, 눈에 뭐 들어갔나 보다. 입으로 훅 불어줄래. 눈물을 찔끔 흘리며 할머니가 그렇게 말했을 때 그게 진짜였던 적은 몇 번이었는지를. 나도 네 엄마가 보고 싶다고 말할 때 할아버지가 예감했던 것들을. 이를테면 할머니를 엄마라 부르고 할아버지를 아빠라 부르게 될 아이에 대한. 그리고 영의 삶이 써온 무수한 이야기를. 앞으로 영이 써야 할 이야기들까지. 영의 이야기는 어디로 갈까. 삶은 영이 상상한 것처럼 흘러가지 않겠지만 영은 상상하기를 그치지 않을 것이다. 존재하지 않는 것만이 이야기가 될 자격이 있으니까. 누구도 믿지 않는 걸 믿을 때 이야기가 될 테니까.

세월이 흐른 어느 날, 영은 수의 이메일을 받았다.
"책에 수록할 산문인데 읽어보고 기분 나쁘면 말해줘.

네가 원치 않으면 뺄 테니까."

수의 글은 이렇게 시작했다.

　　머리가 하얗게 센 노인은 시골 사람치곤 피부가 밝은
편이어서 뭐랄까 좀 고상하게 보였다. 계절에 상관없이
흰옷을 즐겨 입는 데다 약간 정신이 나간 노부인의 옷차
림새도 마찬가지여서 노부부는 이 세상 사람이 아닌 듯한
분위기를 풍겼다. 노인은 노부인을 돌보는 유일한 사람이
어서 멀리 외출하는 경우가 드물었지만 그래야 할 때면
반드시 양복을 입었고 계절에 따라 재킷 위에 코트를 걸
치기도 했다. 중절모와 단장도 잊지 않았다. 노인은 이야
기를 좋아했다. 노부인도 마찬가지였다. 그들의 외손녀는
누구보다 그러했다. 사람들이 엄마산이라 이름 지은 산을
한사코 낙타산이라 불렀고 이야기를 좋아하면 가난해진
다고 누군가 핀잔이라도 주면 기꺼이 가난하겠다고 장담
하던 아이였다. 아이는 또한 대담한 도둑이어서……

글을 읽는 내내 영의 입가에는 미소가 맴돌았다. 수는
알아야 할 건 모르고 몰라도 되는 건 안다는 점에서 달
라진 게 없었다. 영이 몰랐던 적은 없었다. 인정하지 않

앉을 뿐이다. 인정하기를 유예한 거였다. 삶은 신비로 가득하므로 섣부르게 인정했다가 후회하는 실수를 저지르고 싶지 않았다. 지나치게 현실적으로 굴지 않고 삶의 신비가 다가올 수 있도록 기다려주기. 기적이 일어날 수 있는 기회를 자신에게 허락하기. 삶이 슬프지 않은 사람이 어디에 있을까. 그 슬픔을 미루고 미룰 뿐. 삶은 미루어둔 슬픔이었다, 영에게는.

영은 수에게 답 메일을 보냈다.

기적이 오길 간절히 기다렸지만 결국 기적은 오지 않았어. 세월이 지나고 알게 되었어. 기적을 기다리던 동안 처음으로 내 삶에서 기적 같은 일을 해냈다는 걸. 난 지금도 기적을 기다려.

소가
오지 않는
저녁

민은 소를 기다리는 중이었다. 저 멀리 기차가 지나 갔다. 여객열차였다. 민도 언젠가는 기차를 타고 고향을 떠날 거였다. 언제부터였는지 몰라도, 물론 철길이 놓이고 기차가 다니게 된 뒤부터겠지만, 사람들은 기차를 타고 어디론가 가버렸다. 두어 채였던 마을의 빈집도 몇 년 새 대여섯 채로 늘어났고, 그중 서너 채는 오래 방치된 탓에 더 이상 사람이 살 수 없는 곳이 되었다.

빈집이 된 옆집도 조만간 그렇게 되겠지. 민은 옆집 사람들을 기억했다. 또래 여자아이가 있었다. 찐 감자를 좋아하던 아이가.

"소금에 찍어 먹으면 더 맛있어."

민의 집에서는 설탕에 찍어 먹었다. 눈이 펄펄 내리던 어느 날 그 애는 소금 묻힌 찐 감자를 민에게 내밀었다. 처음에는 짠맛이 났지만 뒷맛은 묘하게 달았다.

"참말로…… 맛있네."

그 애가 누런 이를 드러내고 웃었다. 그 애 이름이 떠올랐다. 숙이…… 지숙이였다.

지숙이네는 서울로 갔다고들 하지만 정말 서울인지는 알 수 없는 노릇이었다. 도시로 떠났다고 하면 으레 서울에 갔겠거니 했으니까. 철교를 지난 기차는 산모롱이를 돌아가는 굽잇길에서 기적을 울리며 속도를 늦추었다. 조금 뒤면 간이역에 정차할 거였다.

고향을 떠난 이들은 저마다 재주가 있었다. 그렇다고 생각했다. 고향에 남은 이들은 재주가 없었다. 농사짓고 사는 재주밖에는. 그것도 재주라면 말이다.

민은 그런 재주조차 없었다. 손이 느리고 일머리가 나쁘다는 꾸지람은 너무 자주 들어 이제는 귀에 들리지도 않았다. 시키는 대로 해내도 칭찬받지는 못했다. 학교에서 상장을 받아 와도 어머니와 아버지는 남의 자식인 것처럼 민을 물끄러미 보다 입맛을 다시고는 그만이었다. 반찬 그릇을 민의 앞으로 밀어주기는 했다. 어머니는 자식을 여럿 키워내서 그런지 웬만한 일에는 당황하지 않았고 아버지는 그냥 무심했다.

민은 아버지와 닮았다는 이야기를 들었다. 생김새보다 만사에 무신경한 성격을 두고 하는 말이었다. 아버지는 싫은 소리를 하지 않았다. 아쉬운 소리도 하지 않았다. 누가 뭐라 해도 귓등으로 흘려 넘겼다. 오만해서가 아니었다. 게을러서도 아니었다. 그저 딴 세상을 사는 사람처럼 굴었다. 아버지에게는 아버지만의 다른 세상이 있는 것 같았다. 이 세상은 진짜 세상에서 잠시 꾸는 꿈이라고 여기는 듯했다.

아버지의 눈은 소를 닮았다. 민의 눈도 소를 닮았다. 형도 그랬다. 민은 눈이 소처럼 크니 겁쟁이일 거라는 놀림을 받았다. 화가 났지만 대꾸할 수 없었다. 자신이 겁쟁이라는 걸 누구보다 잘 알았으니까. 누나는 어머니의 작은 눈을 닮다 못해 두 눈이 아예 단춧구멍이었다. 누나는 그 눈으로 뭐가 보이긴 하냐는 놀림을 많이 받았다. 그리고 둘이 함께 있을 때는 남매 맞냐는 놀림을 받았다.

민은 언덕 쪽을 바라보았다. 지금쯤이면 소가 어슬렁거리며 모습을 드러낼 시간이었다. 개울 한가운데 우두커니 선 채 늑장을 부리는 게 아니라면 말이다.

아버지는 그 소를 일소로 부렸다. 힘이 좋고 순한 데다 말귀를 잘 알아들어서였다. 아무 때나 일을 시키는건 아니었다. 수레를 끌거나 짐을 지게 하지는 않았다. 논갈이를 하거나 경운기와 관리기가 들어가기 힘든 산밭의 고랑을 골라야 하는 날에만 쟁기를 끌게 했다.

외양간이 닭장으로 바뀐 뒤부터 소는 쇠죽을 끓이는솥이 있고 따로 문은 없는 아래채 부엌에서 먹고 잤다. 소 먹일 꼴을 베어 오는 일은 민의 몫이었다. 해마다 늦가을부터 이듬해 봄까지는 작두로 자른 짚을 솥에 차곡차곡 쟁여 쌀뜨물을 붓고 한소끔 끓인 뒤에 콩대와 콩깍지, 쌀겨 등을 넣고 푹 쑤어서 여물통에 부어주었다.

그러는 동안 소는 가만히 앉은 채 물끄러미 민을 지켜보았는데 고개를 돌린 민과 눈이 마주치면 주둥이를 치켜들었다. 잘하고 있으니 계속하라는 뜻인 것 같았다.

기차가 기적을 울렸다. 간이역을 떠나려는 모양이었다. 기차가 보이지 않아도 민은 통표를 주고받거나 깃발을 들어 수신호를 보내고 그에 화답하듯 길게 두 번 기적을 울리는 역무원과 기관사가 눈에 선했다.

어느 겨울, 민은 형과 간이역 승강장에서 시내로 가는

완행열차를 기다리고 있었다. 급행열차가 눈보라를 일으키며 달려왔다. 허연 갈기를 휘날리며 달려오는 짐승 같았다. 기관차에서 사람의 머리가 밖으로 쑥 나왔다. 저러다 떨어지는 게 아닌가 싶을 정도로 윗몸 전체가 창밖으로 나오더니 올가미처럼 생긴 걸 기둥에 집어넣었다. 급행열차는 간이역에서 멈추지 않고 그대로 지나쳐 갔고 민은 기관사의 붉게 달아오른 얼굴을 똑똑히 보았다. 기관사는 다음 기둥 끝에 끼워져 있던 똑같은 고리를 낚아채고서야 기관차 안으로 쑥 들어갔다.

형은 민의 머리를 털어주었다. 형이 손가락으로 눈썹에 들러붙은 눈가루를 문질러줄 때는 간지러워서 웃음이 났다.

"형, 저게 뭐야?"

형은 그걸 통표라 하고 저 기둥은 통표 걸이라 한다고 알려주었다.

"뭐 하는 데 써?"

형은 선로가 하나뿐인 단선이기 때문에 오가는 기차가 서로 충돌하지 않게 확인하는 표식이라고 했다. 형은 기관사라도 된 것처럼 모르는 게 없었다. 그때 겨우 중학생이었을 텐데. 아래채 작은방에서 책을 읽던 형이 떠올랐다.

형은 진짜 서울에 간 몇 안 되는 사람 가운데 하나였지만 머리를 다쳐 정신이 이상해져서 돌아왔다. 어머니와 아버지는 쉬쉬했지만 누나는 그러지 않았다. 형이 낙상 사고를 당했다고만 알고 있는 민에게 누나는 대학생들의 시위와 경찰과 고문에 대해 말해주었다.

"작년에 경찰이 우리 집에 왔다 간 것도 모르지?"

민은 정말 몰랐다.

민은 앉은 자리에서 일어났다. 서쪽 하늘에 노을이 졌다. 해 질 무렵이면 기분이 이상했다. 뜻하지 않게 저지른 어떤 일을 후회할 때와 비슷한 기분이었다.

민은 세월이 흐른 뒤 이 감정이 유별난 게 아님을 알게 되었다. 저물고 사위는 모든 것들이 불러일으키는 흔한 감정인 동시에 후회와는 다르며 뭐라 이름 붙일 수 없는 것임을, 지숙이라는 이름을 떠올릴 때 그랬듯이. 뒤를 돌아보니 소가 있었다. 민이 손을 뻗자 소가 머리를 이리저리 움직였다. 쓸데없는 짓 하지 말라는 뜻 같았다.

소가 앞장을 서고 민이 소를 뒤따랐다. 큰길에 나설 때까지는 고삐를 매지 않아도 괜찮았다. 그런 사실을 언제 알게 되었는지 헤아려보니 서너 해 전이었다.

　산밭에 가던 날 아버지는 지게를 졌고 소의 고삐는 민에게 쥐여주었다.

　"벌써 쟁기를 끌어요?"

　민이 묻자 아버지가 고개를 저었다.

　"시험 삼아 하려는 거야."

　고삐를 당겼을 때 손바닥에 전해지는 팽팽한 느낌에 신경이 곤두섰다. 갓 송아지 태를 벗었다 쳐도 민은 견줄 수 없는 덩치였다. 손바닥에 땀이 맺혔다. 고삐가 손에서 스르르 빠져나가는 착각이 들었다. 민은 소가 가는 대로 따라갔다. 주둥이에 부리망을 씌우지 않았는데도 소는 해찰하지 않고 타박타박 잘도 갔다. 어디로 가야 하는지 아는 것만 같았다.

　큰길을 벗어나 밭둑길에 접어들었다.

　"막둥아, 고삐는 풀어줘도 된다."

　"도망가면요?"

　"안 도망간다."

　손수레 한 대 지나갈 정도의 길을 소가 앞장서고 지게를 진 아버지와 민이 뒤따랐다. 비탈진 곳에 이르자 밭둑길은 좁아졌다. 민은 소를 부릴 때 내는 아버지의 혀

차는 소리를 들었다. 그 소리 덕분인지 소는 용케도 발을 헛디디지 않고 올라갔다.

민은 아버지를 도와 지게에서 쟁기를 내린 뒤 소의 어깨에 멍에를 메웠다. 소는 얌전히 기다렸다. 봇줄을 단단히 연결해서 쟁기질할 차림을 마쳤다. 아버지는 고삐도 매지 않은 채 쟁기 손잡이만 잡고 소를 부렸다.

소는 처음 쟁기를 끄는 터라 발이 미끄러지기도 하고 밭 끝에서 방향을 돌릴 때 갈팡질팡하기도 했다. 보습을 타고 오른 흙덩이는 볏에서 미끄러지며 한쪽으로 떨어져 쌓였다. 보습에 다져진 반들반들한 흙의 표면에서 햇살이 반짝였다. 민은 쇠갈퀴로 흙을 고르다 돌멩이가 걸리면 손으로 주워 밭 아래 골짜기로 던졌다. 아버지는 소가 다치거나 겁먹지 않도록 조심스레 밭을 갈았다. 보습이 무언가에 걸려 앞으로 나아가지 못하면 재촉하는 대신 쟁기를 놓고 소에게 다가가 다정한 말로 격려해주었다.

산밭은 그리 넓지 않은 데다 흙이 부드러워서 노련한 일소라면 서너 시간 만에 끝낼 밭갈이였건만 한나절을 보내고서야 마칠 수 있었다. 해 질 무렵이었다. 소와 민은 지쳤고 아버지도 피곤한 기색이었다. 쟁기와 멍에를 풀어 지게에 싣고 난 뒤 민은 보았다. 가만히 선 채 저 아래를 내려다보는 소를. 소의 눈길이 향한 곳은 기찻길이었다.

민은 소에게 다가가 손가락 한 마디 크기로 돋은 뿔을 어루만졌다. 소가 고개를 돌렸다. 큰 눈에 노을빛이 담겨서 출렁거렸다. 민도 저무는 해를 바라보았다. 소의 눈동자를 세공하던 빛살들이 민의 얼굴로도 쏟아졌다. 그 빛에 흠뻑 젖은 불그스레한 소는 허공으로 풀려 들어가기라도 할 것처럼 가벼워 보였다. 여태 민이 알던 소가 아닌 것 같았다. 마침내 황소가 되어버린 듯했다. 그날 이후 민의 가슴에 새겨진 기억은…… 해 질 무렵 대기의 빛깔은 소를 닮았다는 거였다.

비탈진 길을 내려가 큰길에 접어들었다.

"정민아!"

민이 고삐를 매는데 지나가던 수가 자전거를 세웠다.

"너희 아버지는?"

수가 두리번거리며 물었다. 민은 고개를 저었다. 수가 아버지부터 묻는 까닭이 있었다.

형이 고향에 내려온 지 얼마 되지 않은 지난해 봄의

일이었다. 무넘기의 논을 갈기로 한 날이었다. 지게를 진 아버지는 무언가를 기억해내려는 듯 마당에 우두커니 섰다가 이내 소를 몰고 집을 나섰다. 농로에 지게를 내려놓은 아버지는 손 그늘을 만들어 들판 여기저기에서 봄갈이하는 경운기와 관리기를 한동안 바라보았다. 먼 곳에서 일하는 이들은 까만 점들처럼 보였다. 허공을 그으며 새들이 날아갔다. 서늘한 기운이 한 가닥씩 섞인 미지근한 바람이 불었다.

아버지가 소에게 멍에를 메우고 쟁기를 달았을 때 그 길로 수가 지나갔다. 아버지는 수에게 손짓을 했다. 수가 다가오자 괭이를 쥐여주었다. 수는 영문도 모른 채 오전 내내 논바닥을 헤집으며 흙덩이를 부수고 다녔다.

"왜 시키는 대로 했어?"

나중에 민이 물었을 때 수는 멋쩍어했다.

"난 어른들끼리 얘기가 된 건 줄 알았지. 그나저나 넌 어디 갔었는데?"

"어머니 심부름……"

심부름을 마치고 돌아온 민은 점심거리가 든 바구니를 가지고 논으로 갔다. 거기에서 수를 보았다. 수의 얼굴은 한마디로 죽상이었다. 그제야 아버지는 수를 찬찬히 들여다보더니 영문을 알 수 없다는 투로 말했다.

"넌 여기서 뭐 하니?"

오전 내내 민의 아버지 뒤를 따라다닌 수는 입술을 깨물었다. 수는 물집이 잡힌 손으로 얼굴을 문질렀다. 민은 뭔가 잘못되어도 한참 잘못되었다는 걸 깨달았다.

그다음 주말에 민은 새벽같이 일어나 수의 집에 갔다. 수의 아버지가 웬일이냐고 물었다.

"오늘 밭갈이하시죠? 우리 아버지가 여기서 일하라고……"

"품앗이로? 괜찮으니 돌아가렴."

"일 안 하고 가면 집에 못 들어가요."

수의 아버지는 혀를 찼지만 민의 고집을 꺾지는 못했다. 오전 내내 민은 수의 식구들 틈에서 말없이 제 몫의 일을 했다. 수를 민으로 착각한 민의 아버지 이야기로 웃음이 끊이지 않았다. 점심을 먹은 뒤 그만 돌아가라고 했지만 민은 고개를 저었다.

"제가 일머리가 없고 손이 느려서 하루 종일 해야 진수가 일한 만큼 된대요."

수가 민의 옆구리를 쿡쿡 찔렀다.

"괜찮으니까 그만하고 가. 근데 너랑 나랑 하나도 안

닮았는데 너희 아버지는 왜 그러셨을까?"

그 이후 수는 먼발치로 민의 아버지가 보이기만 해도 몸을 숨기거나 눈에 안 띄는 에움길로 줄행랑을 쳤다.

수가 소의 옆구리를 손으로 쓸었다. 수의 손이 닿은 곳의 거죽이 부르르 떨렸다. 거기에 내려앉은 각다귀나 쇠파리를 쫓아낼 때처럼. 소가 꼬리를 휘휘 저었다. 수는 틈만 나면 소를 만져보고 싶어 했다. 집에서 기르는 소를 일소로 부리는 경우가 드물어 궁금하기도 했을 테고 유난히 늠름해 보이는 민의 소가 부럽기도 했을 테다.

"너희 집에 이 소밖에 없지?"

민이 고개를 끄덕였다. 민은 기르던 소들이 여러 해에 걸쳐 하나씩 떠나는 모습을 보았다. 형이 도청 소재지의 고등학교에 다니던 시절부터 서울에 있는 대학에 들어가고 사고로 입원 치료를 받다가 정신이 이상해진 채 돌아온 지난해에 이르기까지 외양간이 점점 비어가는 걸 지켜보았다.

형이 돌아왔을 때 마지막으로 남은 소가 바로 이 녀석이었다. 민은 이 소가 태어나는 걸 보았고 툭하면 외양간을 뛰쳐나오던 송아지 시절이며 코뚜레를 뚫던 날의 나직한 신음, 어미 소가 제 곁을 떠날 때 내던 구슬픈 울음과 처음으로 쟁기를 갈던 날 두 눈에 서리던 노을빛을 기억했다. 민이 할 수 있는 일은 없었다. 떠나는 소들을 지켜볼 뿐이었다.

이 소를 낳았던 어미 소는 어느 초여름 해 질 무렵에 떠났다. 밤을 새워 먼 데로 간다고만 들었다. 민은 어미 소도 서울에 가면 좋겠다고 생각했다. 트럭을 바라보던 민의 옆을 그때도 수가 얼쩡댔다. 뭔가 할 말이 많은 듯했다. 어느 집으로 가는지는 모르지만 아마도 새 주인이 잘해줄 거라고 민이 말했다. 수는 입만 딱 벌린 채 말을 않다가 한숨을 내쉬었다.

"순진한 거냐, 멍청한 거냐?"

"멍청한 게 맞을 거야."

"정말 소를 데려가서 키울 거라고 믿어?"

"그게 아니면?"

"팔려는 거지."

"산 걸 또 팔아? 그럼 다시 산 사람들이 키우겠지."

"도축장에 끌고 가는 거야. 잡아먹으려고."

"소를 먹어?"

"먹지."

"누가 소를 먹어?"

"돈 많은 사람들이. 돈 없는 사람도 제사나 생일이나 잔칫날에는 사 먹지."

민은 믿을 수가 없어 눈을 둥그렇게 뜨고 수를 바라보았다.

"스승의날에 100원씩 낸 거 기억해? 선생님이 그랬잖아. 교장 선생님한테 소고기 사 드린다고."

민은 생각에 잠겼다. 수는 한심하다는 얼굴로 그런 민을 지켜보았다. 민이 어렵게 입을 뗐다.

"그럼, 우리 소가 죽는 거야?"

"어차피 결국엔 다 거기로 가는 거야."

"왜 소를 먹어? 이렇게 예쁜데."

"……미인박명이라니깐."

"진수야…… 넌 모르는 게 없구나."

"소 때문에 슬퍼서 울어?"

민은 고개를 저었다.

"해가 져서 그래."

민이 가리키는 서쪽 하늘로 수가 고개를 돌렸다.

"저게 뭐가 슬프다고…… 좀 그렇긴 하네."

민은 수의 말을 반만 믿었다. 그럴 수도 있고 아닐 수도 있다고.

외양간 빈자리에는 칸막이를 쳐서 닭을 길렀다. 남은 두 마리 가운데 한 마리는 형의 병원비를 감당하기 위해 팔았다. 외양간의 칸막이를 없애 아예 닭장으로 바꾸었고 일소는 아래채 부엌으로 잠자리를 옮겼다. 한동안 형은 외양간 앞에 우두커니 선 채 닭들을 지켜보곤 했는데 민이 짐작하기에 소가 변신해서 닭이 된 건 아닌지를 따져보는 것 같았다.

수는 소를 이쪽저쪽에서 살펴보았다.

"이런 소를 팔면 마음이 아프겠다."

"일소는 안 팔아. 아버지가 쟁기를 끌 수는 없잖아."

"판다고들 하던데?"

"누가 그래?"

"너희 아버지가 노름빚을 져서 소를 넘기기로 했다던데."

"그거 다 거짓말이야. 우리 아버지는 노름 같은 거 못해."

"어쨌거나 아깝다. 도망가라고 저 산에 풀어줄 수 있다면 얼마나 좋을까."

민은 속내를 들킨 것 같아 가슴이 뜨끔했다. 민과 수의 대화를 알아들었는지 소가 둘을 번갈아 바라보았다.

민은 수들으라고 부러 큰 소리로 말했다.

"넌 안 팔 거야. 걱정하지 마."

민이 고삐를 당겼다. 소와 민의 눈이 마주쳤다. 잠깐
사이에 사위가 어둑해졌다. 길게 늘어진 그림자가 어둠
에 스며들며 희미해졌다. 소 눈알을 삶아 먹으면 정말
멀쩡해질 수 있을까. 큰집의 당숙모는 민간요법에 밝아
서 민의 형을 고칠 수 있는 치료법을 시시콜콜 일러주었
고, 어머니는 그 말을 귀담아듣지 않는 척하면서도 아주
흘려듣지는 못했다.

멀리서 누군가 수를 불렀다. 수의 누나였다. 민은 수가
누나의 손에 귀를 잡혀 소리 지르는 꼴을 자주 보았다.

"진수야, 부탁이 있는데…… 혹시 누가 물어도 나 못
본 걸로 해줄래?"

수가 자전거에 오르며 고개를 끄덕였다. 소가 터벅터
벅 걸었다. 민은 고삐를 느슨하게 쥔 채 소와 나란히 걸
었다.

저녁이었다. 민은 허기를 느꼈다. 여느 때라면 다섯
식구가 상에 둘러앉아 저녁밥을 먹을 시간이었다. 식구
들 모두 입이 짧은 편이어서 금세 상을 물리지만 민은

들큼한 청국장 냄새가 밴 저녁 공기를 좋아했다. 민에게 청국장 냄새는 저녁의 냄새이기도 했다.

청국장은 형이 좋아하는 음식이기도 했다. 형은 집에 돌아온 뒤 한동안은 식구들과 함께 밥을 먹지 않았다. 입맛이 없어서라고 했다. 어느 저녁 마침내 형이 상 앞에 앉았다. 형은 청국장찌개를 바라보기만 했다. 입맛이 돌 테니 한입 먹어보라는 어머니의 말에도 고개를 갸웃 기울일 뿐이었다.

"어머니, 냄새가 안 좋아요."

형의 입에서 나온 말에 아무도 토를 달지 않았다. 형은 민이 알던 사람이 아니었다. 민이 알던 사람은 맞는데 민이 알던 것들이 부질없었다.

소와 함께 마당에 들어서니 안방 문이 열렸다. 누나가 밥 먹으러 들어오라고 했다. 소를 아래채 부엌에 들여놓고 여물통에 사료와 물을 듬뿍 부어주었다. 많이 먹어. 먹을 수 있을 만큼 많이 먹어. 민은 아랫방을 기웃거렸다. 공책에 무언가를 쓰는 데 몰두하던 형이 꼭 눈에 보이는 것 같았다.

당숙모가 어머니에게 처음 일러준 치료법은 무쇠 조

각을 불에 달군 뒤 식혔다가 표면을 긁어 얻은 가루를 물에 타서 먹는 거였다.

민은 세월이 흐른 뒤에야 이 치료법이 한방에서 생철락음이라 일컫는 것과 똑같다는 걸 알게 되었다. 약재를 얻는 과정에 저마다 차이가 있더라도 대동소이하며 정신병 치료를 위해 오래전부터 사용하던 민간요법이라는 것도. 형은 간장 종지에 담긴 그 물을 하루에 세 번씩 마셨지만 차도가 보이지 않았다. 당숙모는 정성이 부족해서라고 타박하며 뱀 쓸개가 좋다는 말도 흘렸다. 당숙모의 은근한 채근에 어머니는 마지못한 듯 고개를 끄덕였다.

"독약만 아니라면 먹여서 나쁠 건 없겠지요."

아버지가 수를 민으로 착각했던 날 아침이었다. 아버지와 함께 논에 가기로 한 민은 들일을 나갈 때만 입는 허드레옷 차림으로 방문을 나섰다. 어머니가 부엌문 앞에서 민을 불렀다.

"철둑 옆 방앗간에 좀 다녀와라."

"방앗간은 왜요?"

어머니는 잔말 말고 다녀오라고 했다. 방앗간 집 막내를 찾으면 그이가 알아서 뭔가를 줄 테니 고이 받아 오면 된다고 했다.

"외팔이 아저씨요?"

"그래, 그 불쌍한 양반."

방앗간 집 막내라고 불리는 사람은 중년의 사내였다. 젊은 시절에 사고를 당해 왼팔을 잃었다는데 음침한 구석이라곤 전혀 없이 밝고 유쾌했다. 팔이 그렇게 된 건 기차에 치여서라는 말도 있고 공기총을 쏘다가 압축기가 폭발해서라는 말도 있었다. 민은 그런 말을 들었을 때 이상하게도 기차에 맞서 총을 겨누는 사람이 머릿속에 그려졌다.

방앗간 집 막내는 기름 먹인 종이로 싼 걸 민에게 건네주었다.

"영민이 녀석한테 효험이 있길 바라마."

민은 이게 뭐냐고 묻고 싶었지만 말이 안 나와 머뭇거렸다.

"쓸개다. 귀한 거야. 사납고 오래 묵은 독사한테서만 얻은 거다."

민은 고개를 주억거렸다.

"이걸 먹으면 괜찮아져요?"

방앗간 집 막내가 한숨을 내쉬었다.

"그게 어디 약으로 고쳐지는 병이라더냐?"

그 말이 집으로 돌아가는 내내 민의 귓가에 매달려 있
었다. 약으로 고칠 수 없는 병이라니. 양호 선생님은 몸
이 아프면 약국이나 병원에 가야지, 상처 난 곳에 된장
을 바르거나 쑥을 찧어 붙이던 옛날식으로 처치해서는
안 된다고 말했다. 양호 선생님 말이 맞는 것 같았다. 배
가 아프거나 몸살이 날 때 어머니가 해주는 처방은 괜찮
아지기까지 시간이 오래 걸렸지만 약국에서 사 온 항생
제나 아스피린은 한 알만 먹어도 금세 나았다. 형을 낫
게 해주는 약도 어딘가에는 있을 거였다.

어머니는 기름종이를 펴더니 새끼손톱만 한 검붉은
뱀 쓸개 하나를 도마에 올려놓았다. 숟가락 등으로 조심
스레 눌러 부수어 가루로 만든 뒤 청주가 담긴 술잔에
쓸어 넣었다. 어머니가 민의 얼굴을 빤히 보았다.

"이게 뭔지 알지? 혹시라도 형이 물으면 모른다고 하
렴. 그래도 캐묻거든 약방에서 얻어 온 강장제라 하고."

민은 고개를 끄덕였다. 형은 방에 없었다. 안채 작은방
에서 공부하던 누나가 열린 방문으로 고개를 내밀었다.

"오빠는 아침에 아버지 나가는 걸 보더니 따라 나갔는
데."

어머니는 민에게 논으로 가는 길을 잘 살피면서 형을

찾아오라고 시켰다.

집을 나선 민은 논으로 가는 쪽이 아닌 반대 방향으로 걸었다. 형이 어디에 있을지 알 것 같았다. 그보다 민은 어머니가 어떻게 눈치챘는지 궁금했다. 민이 묻지 않았기에 민이 알고 있으리라 짐작했을 거라는 데 생각이 이르자 서글펐다. 어머니는 민이 말하지 않을수록 무얼 말하고 싶어 하는지를 귀신처럼 알아차렸다. 민도 그러고 싶었다.

바람이 야릇했다. 웃는 얼굴로 살짝 눈을 흘기던 그 아이를 닮았다고나 할까. 순전히 생각 탓이겠지만 바람에 실린 찐 감자 냄새를 맡은 것도 같았다.

민은 솔숲으로 이어진 자드락길로 들어섰다. 솔숲을 가로질러 반대쪽에 이르렀다. 형은 판판하고 너른 바위에 앉아 있었다. 저 멀리서 기차가 지나갔다. 남쪽 바닷가 도시로 향하는 완행열차였다. 형의 시선은 기차가 지나는 철교를 향하고 있었다.

민이 나직한 목소리로 부르자 형이 민을 돌아보았다. 까칠하고 창백한 형의 얼굴에 자잘한 주름이 잡혔다가 사라졌다.

"어떻게 알고 왔어?"

형은 옆에 앉은 민의 어깨에 팔을 둘렀다. 형의 팔은 딱딱하고 가벼웠다.

"나도 여기 좋아하거든."

형은 한밤중에 소리 없이 일어나 방에서 나갔다가 돌아오기도 했다. 민은 그런 형을 따라가본 적이 있는데 어디 멀리 가는 건 아니었다. 잠든 소 옆에 쪼그리고 앉아 한참을 말없이 지켜보다 일어서는 게 전부였다. 소는 잠깐 눈을 뜨기는 했지만 놀라거나 겁먹지는 않았다. 고개를 두리번거리다가 다시 눈을 감고 잠이 들었다. 귀찮게만 하지 않으면 상관없다는 듯이. 형은 민을 알아보지 못한 채 방으로 돌아갔다. 민은 이불을 덮고 잠든 형을 내려다보며 이게 바로 몽유병이구나 싶었다. 민도 가끔 그랬다고 들었다. 자다가 벌떡 일어나 베개만 들고 딴 방에 가서 잠든다든지, 책가방에 있던 걸 끄집어냈다가 도로 집어넣은 뒤 잠든다든지. 어머니와 누나는 간밤에 민이 저지른 해괴하고 우스운 짓을 들려주곤 했다. 민은 기억할 수 없는 일이어서 억울했지만 어머니와 누나가 거짓말하는 것 같지도 않았다. 민이 토라질 기색이면 어머니는 누나와 형도 어렸을 때 그런 적이 있으니 걱정하지 말라고 했다.

걱정한 적은 없었다. 형이 돌아오기 훨씬 전에 몽유병과는 작별했다. 야뇨증도 없었고 잠도 잘 잤다. 베개에 머리만 대면 잠들었으며 눈을 뜨면 아침이었다. 형이 돌아온 뒤부터 민의 꿈자리가 뒤숭숭해졌다. 밤새 몇 번씩 깼고 아침에 일어나면 눈꺼풀이 무겁고 뼈마디가 욱신거렸다. 떨어지고 도망치고 숨는 꿈을 꾸었고 낯선 곳에 혼자 버려졌다는 기분에 우는 꿈도 꾸었다. 그런 꿈을 꿀 때의 얼굴은 지금 민이 보고 있는 형의 얼굴과 닮았을 거라는 생각이 들었다.

"약 먹으러 오래."

형이 고개를 끄덕였다.

"오빠는 머리를 다친 게 아니라 마음을 다친 거야, 이 멍텅구리야!"

누나의 말이 아지랑이처럼 민의 가슴속에서 피어올랐다. 민은 이해하고 싶었다. 마음을 다친다는 게 어떤 건지. 민도 자주 마음이 아픈데 그거랑은 어떻게 다른지.

기차는 터널로 들어갔다.

"형도 철교 건너본 적 있어? 난 한 번도 안 해봤어."

형은 고개를 저었다.

"나도 안 해봤어…… 언제 한번 건너볼까?"

"형은 다 큰 사람이라 그래 봤자 놀림만 받을 텐데?"

"지금도 충분히 그러고 있는걸, 뭐."

형의 목소리는 듣는 이의 가슴마저 허우룩해질 만큼 공허했다. 해 질 무렵이면 엄습하던 까닭 모를 슬픔을 상기시키는 목소리였다. 이토록 부신 햇살로 가득한 대낮마저 어둡고 음습한 어딘가로 숨어 들어간 형의 마음을 건져 올리지는 못하는 듯했다.

"그래서 마음이 아픈 거야?"

"정민아, 형은 아프지 않아. 그냥 겁이 날 뿐이야."

"뭐가 겁이 나는데?"

"세상이…… 너무 울창해."

형이 고개를 돌려 솔숲을 보았다. 형의 얼굴에 소나무 그림자가 일렁거렸다. 민은 형과 함께 집으로 돌아오면서 울창하다는 말을 곱씹었다. 세상이 울창하다. 울창하다는 말은 부드럽고 날카로웠다. 소리 내어 말해보면 더욱 그러했다.

어둠이 울창하다는 말도 가능하다면 울창하기 이를 데 없는 밤이었다. 마당에 웅크린 어둠을 보면서 저 어둠은 어디에서 왔는지를 헤아렸다. 어둠이 빛을 삼켜버리는 게 아니라 빛이 떠난 자리에 어둠이 생겨나는 것 같았다.

형의 마음에도 그런 일이 일어났다. 당숙모는 방금 잡은 뱀에게 얻은 쓸개가 아니어서 효과가 없을 거라고 했다. 어머니는 대꾸하지 않았다.

"동생, 내가 어제 자다가 벌떡 일어난 이유가 있어. 까맣게 잊었던 일이 생각났거든. 친정 동네에도 영민이처럼 아픈 사람이 있었는데."

"영민이는 기가 쇠한 것뿐이에요."

"그래, 기가 쇠하면 그리되는 법이지. 어쨌든 그 사람을 구한 즉효 약이 퍼뜩 떠올랐어."

"그게 뭔데요?"

"소 눈알. 방금 잡은 황소 눈알 두 개를 삶아 먹고 멀쩡해졌어."

"징그러워라."

"소는 버릴 게 없어. 피가 되고 살이 되고 약도 되지."

"의사들은 잘 먹고 잘 자면 괜찮아진다고 했어요."

"큰 병원에 입원시켜서 치료받으면 금세 낫겠지만 어디 형편이 그런가."

"그건 그래요."

"말만 잘하면 공짜로도 얻을 수 있네."

"여기저기 신세 지고 싶지는 않아요. 유난 떨고 싶지도 않고요."

"영 꺼림칙하면 오리 피라도 먹어볼까? 안 그래도 아버님이 한 마리 잡으실 생각이던데."

"큰아버님은 그거 좋아하시죠?"

"좋아하고 말고가 어딨어. 그거라도 마시면 기운이 나니깐 여름이 코앞이면 한 마리 잡는 거지. 오리를 괜히 날개 달린 소라고 하겠어."

오리 잡던 날이 생생하게 떠올랐다. 지난해 초여름이었다. 이른 아침 큰할아버지는 다 큰 오리 한 마리를 몰고 마당으로 들어섰다. 주황색의 주둥이와 발을 제외하면 눈으로 빚은 것처럼 온몸이 희디흰 오리였다. 큰할아버지가 마루에 앉아 담배를 피우는 동안 민은 아버지를 도와 짚 써는 작두를 아래채 부엌 입구에 놓고 사기그릇 두 개를 그 옆에 얌전히 내려놓았다.

"영민이는 아직 자니?"

"제가 깨울게요."

민은 작은방에 들어가 형의 어깨를 흔들었다. 형은 부스스한 얼굴로 일어나 눈을 비볐는데 밤새 잠을 설친 사람처럼 눈자위가 불그스레했다. 민은 방문을 열어둔 채 마당으로 나왔다.

민은 작두 위에 올린 오리의 몸통을 두 손으로 지그시 눌렀다. 아버지는 작두 손잡이를 잡았고 큰할아버지는 사기그릇을 들었다. 오리의 모가지가 작두날 아래 자리를 잡았다. 아버지가 민에게 고개를 돌리라고 했다. 고개를 돌린 민의 시야에 아침 햇살이 부챗살처럼 갈라지며 고꾸라지는 마당이 들어왔다. 시야에 포착된 것들이 불투명해지는 동시에 오리의 부들거림은 투명하게 전해졌다. 싹둑.

민은 지그시 눈을 감았다가 떴다. 큰할아버지는 오리의 잘린 목 아래 사기그릇을 대고 흐르는 피를 받았다. 다른 그릇에 피가 가득 찰 때까지도 떨림은 이어졌다.

민은 아버지가 건네주는 두번째 그릇을 받았다. 피는 붉었고, 비현실적으로 붉었다. 김이 나는 건 아니었지만 더운 피라는 걸 알 수 있었다. 민은 흘릴세라 사기그릇을 두 손으로 받쳐 들고 형이 앉아 있을 방문 앞으로 다가갔다. 형이 손을 들어 민의 뒤쪽을 가리켰다.

"정민아, 저게 뭐니?"

민은 형이 가리키는 쪽을 돌아보았다. 목 잘린 오리가

마당을 뒤뚱뒤뚱 가로지르고 있었다. 잘린 머리를 찾기라도 하는 것처럼. 몇 걸음 더 걷던 오리는 닭장 앞에서 주저앉았다. 형은 두 손으로 얼굴을 가린 채 울었다. 기억이 나지 않았다. 식구들 가운데 누구라도 우는 걸 본 적이 있는지. 어머니도 아버지도 누나도 형도 민의 앞에서 우는 모습을 보인 적은 없었다. 자식 앞에서 우는 게 싫어서든 막냇동생이 보는 데서 우는 게 싫어서든. 민은 알 것같았다. 우는 모습을 보인 적이 없다 해도 식구들은 이처럼 어딘가에서 얼굴을 돌린 채 울면서 살아왔음을.

형의 증세는 더 나빠졌고 어느 날 형이 작두를 불길한 눈길로 바라보는 걸 알게 된 아버지는 그걸 눈에 띄지 않는 곳에 숨겨버렸다.

그즈음 아버지의 밤마실이 시작되었다. 아버지는 하루 일을 마치면 씻고 옷을 갈아입은 뒤 저녁도 먹지 않은 채 나가버렸다. 자정 무렵의 귀가는 이른 편에 속했다. 새벽 두어 시가 되어야 돌아오는 경우가 더 많았다. 추수가 끝나고 농한기가 되자 밤을 새우고 돌아오는 날도 있었다. 원래도 무심해 보이는 아버지였는데 지난겨울 내내 한 걸음 더 깊숙이 자신만의 세계로 들어가버린 것 같았다.

몹시도 추웠던 세밑의 어느 새벽, 소가 예사롭지 않은 목소리로 울어댔다. 형이 민을 흔들어 깨웠다. 어머니와 누나는 저 소 좀 어떻게 해보라며 민을 다그쳤다. 민이 다가가려 하면 소는 고개를 숙여 뿔로 밀어냈다.

"아버지 찾아올게요."

처음에는 소를 달랠 수 있는 건 아버지뿐이라는 생각에 찾아 나섰는데, 길을 걷다 보니 아버지가 어딘가에 쓰러져 있을 거라는 생각이 들었다. 정말로 아버지는 길가에 쓰러져 있었다. 아무리 흔들어도 신음만 낼 뿐 눈조차 뜨지 못했다. 민은 가장 가까운 집으로 달려가 어른들을 깨웠다. 조금만 늦었다면 얼어 죽었을 거라고들 했다.

밤이 깊을 때까지 기다렸다. 형은 없었다. 지난겨울 설을 쇠고 난 뒤였다. 아버지와 형은 시내 병원에 가기 위해 간이역으로 갔다. 민은 완행열차가 철교를 지나는 걸 보았다. 저 기차를 타고 시내에 가겠지, 이런 생각을 한 지 얼마 안 되어 아버지와 형이 집으로 돌아왔다. 형의 얼굴은 담담했는데 아버지는 어딘가 모르게 아파 보였다.

"빨리, 가려고 철길로 갔는데 갑자기 주저앉더라고. 처음엔 쉬고 싶어서 그런 줄 알았는데…… 기차를 기다리더군."

아버지의 말에 어머니는 고개를 돌리더니 부엌으로 들어갔다. 민은 철길에 주저앉은 형과 당황하는 아버지를 떠올렸다. 형을 일으켜 세우기 위해 안간힘을 쓰는 아버지와 그런 아버지의 손길을 뿌리치며 기차가 자신을 밟고 지나가기를 기다리는 형을. 기차가 치고 가는 게 아니라 밟고 간다고 생각한 이유는 형이 그렇게 짓밟혔다는 말을 들어서였다. 무섭다기보다는 화가 났다.

그로부터 며칠 안 되어 형은 사찰에서 보낸 승합차를 타고 집을 떠났다. 집을 떠나는 소들이 그랬던 것처럼 몇 번이고 뒤를 돌아보다 차에 올랐다. 침술에 능통한 스님이 주지로 있다는 절이었다. 고시생들이 기숙하는 요사채의 방 한 칸을 얻어 쓰기로 했다. 형은 종무원에서 잡무를 봐주고 스님의 처방도 받기로 한 모양이었다.

형은 병원을 싫어했다. 병원에 오래 있어서 다시 가기 싫은가 보다고 했더니 누나는 비밀이라도 털어놓듯 나직한 목소리로, 민에게는 음산하게 들리는 목소리로 말했다.

"병실이 대공분실을 떠올리게 해서야."

민은 반쯤만 알아들었다. 보호자로 다녀온 아버지는 아래채 부엌부터 들여다보았다. 황소의 뺨을 쓰다듬고 등을 쓸어주었다. 낯익은 장면이었다. 소를 팔아야 하는 날이 다가오면 아버지는 그런 식으로 작별 인사를 했다. 일소는 팔지 않는다던 아버지에게 배신감을 느꼈다.

마당으로 나선 민은 안채 마루 앞을 살폈다. 불 꺼진 방에서 멀뚱멀뚱 있었던 터라 어둠에는 금세 눈이 익었다. 어머니의 코 고는 소리에 잠시 귀를 기울였다. 누나의 잠뜻을 하는 소리에도. 외출할 때 신는 아버지의 신발은 보이지 않았다. 평소보다 일찍 돌아올 게 뻔하니 서둘러야 했다.

발소리를 죽여 소에게 다가갔다. 부리망을 들었다가 내려놓았다. 소는 고개를 들고 민을 바라보았다. 이제 가는 거냐고 묻는 듯했다. 민은 소의 귓가에 대고 속삭였다.

"부리망은 씌우지 않을 테니 절대 해찰하거나 소리를 내서는 안 돼."

소가 고개를 저었다. 잔소리는 그만하라는 뜻인 것 같았다.

"널 팔다니 말도 안 돼. 널 풀어줄 거야."

민은 해 질 무렵 만난 수에게 거짓말을 했다. 수의 말이 맞았다. 아버지는 노름빚도 졌고 형이 요양차 머무는 절에 공양도 해야 했다. 소는 날이 밝자마자 찾아올 소장수에게 넘길 거였다. 수에게 솔직하게 털어놓았다간 마실 가는 어른들을 거쳐 밤이 깊기도 전에 어머니와 누나의 귀에도 그 말이 들어가 일을 그르치고야 말았을 테다. 고삐를 맨 소를 끌고 부엌에서 나올 때 민은 저녁에 부어놓은 사료와 물이 여물통에 그대로 남은 걸 보았다.

짙은 어둠을 가르며 소와 민은 발소리를 죽여 걸었다. 하늘에 달은 없었지만 별들이 우수수 쏟아졌다. 큰길은 적막했다. 철길 건널목에 이르자 불빛이 보였다. 이웃 마을의 마을회관이면서 구멍가게인 곳인데 막걸리도 팔고 간단한 음식도 만들어 팔았다. 아버지는 그 불빛 아래 다른 사내들과 어울려 앉아 화투를 치고 있을 거였다.

지난가을 어머니가 아버지를 데려오라고 심부름을 보냈던 어느 밤에 민은 선뜻 들어가지는 못하고 가게 문틈으로 안을 들여다보았다. 주인은 풍로 옆 의자에 앉아 꾸벅꾸벅 졸았고 가겟방에는 화투판이 한창이었다. 노름꾼들 사이에서 발견한 아버지는 낯설다 못해 전혀 모르는 다른 사람 같았다. 민은 아버지만이 아니라 거기에 없는 식구들 모두가 낯설어졌고…… 다른 식구들에게 자기도 낯선 사람으로 여겨지는 건 아닌지 궁금해졌다. 언제부터인지 모두가 서로에게 타인이 되어버렸다. 가게 안으로 들어선 민을 아버지가 곁눈으로 보았다. 민이 뭐라 말하기도 전에 아버지는 곧 갈 테니 먼저 돌아가라고 했다. 아버지는 민의 손에 새우깡 한 봉지를 들려주었다. 집에 돌아간 민은 어머니에게 꾸중을 들었지만 기분이 상하지는 않았다. 더는 상할 마음이 없어서였다.

소를 풀어놓기로 마음먹은 곳에 가려면 가게 뒤편을 지나야 했다. 거기만 지나면 남의 눈에 띌 염려는 없는 셈이었다. 가게 문이 열리고 빛이 쏟아져 나오더니 그 빛을 잘라먹으며 누군가 밖으로 나왔다. 바깥에 있는 화장실에 가려는 듯했다. 민은 느슨한 고삐를 손으로 감아쥐었다. 소가 걸음을 멈추었다. 긴장한 탓에 손바닥에 땀이 찼다.

비틀거리며 화장실에 다녀온 사람은 가게 문 앞에 선 채 하늘을 올려다보았다. 소가 흥분했는지 발걸음을 뗐다. 고삐가 팽팽해지며 민의 손아귀에서 빠져나가려 했다. 민은 두 손으로 고삐를 다시 단단히 쥐었다. 민이 알아본 걸 소도 알아보았다. 아버지였다. 저렇게 잔뜩 취한 걸 본 적은 없었지만 아버지가 분명했다. 소가 울기라도 할까 봐 걱정이 되었다.

이윽고 가게 문이 닫혔다. 민은 안도의 숨을 내쉬었다. 아직 아버지가 가게에 있으니 시간을 번 셈이지만 아버지보다 먼저 집에 돌아가는 게 중요했다. 10분쯤 걸어가니 무너진 담장과 그 너머의 빈집이 설핏 눈에 들어왔다. 돼지 축사와 살림집이 있던 그곳은 아무도 찾지 않는 폐가였다.

민은 축사 구석에서 소의 고삐를 풀어주었다. 소는 얌전히 꿇어앉아 되새김질을 했다. 미리 갖다 두었던 사료와 짚을 확인하고 물동이의 물도 살폈다.

"걱정하지 마. 내가 매일 올 테니까. 만약 들키면 도망쳐. 저 산으로 가. 예전에도 그렇게 도망친 소가 있는데 거기에서 오래오래 살았대."

소가 턱을 앞무릎에 얹었다. 듣기 싫다는 뜻인 듯했다. 소와 눈이 마주쳤다. 소의 눈알을 삶아 먹으면 병이 낫는다는 말이 떠올랐다. 그 말이 떠오르면 입안에서 굴리던 둥근 사탕을 실수로 꿀꺽 삼켰을 때처럼 기분이 더러웠다. 민은 소의 뺨을 어루만진 뒤 돌아 나왔다.

가슴이 두근거렸다. 소를 팔 거라는 사실을 알게 된

뒤부터 준비했던 일을 감쪽같이 해냈다는 안도감과 앞으로 어떤 일이 닥쳐올지 모른다는 불안감이 갈마들어서였다. 집에 도착하니 숨이 목구멍까지 차올랐다. 민은 고삐를 어떻게 할까 고민하다가 숨겨두기로 했다.

작은방에 들어가 누웠다. 잠이 오지는 않았다. 생각해보니 소는 처음으로 낯선 곳에서 홀로 밤을 보내는 거였다. 한 시간 뒤에 아버지가 돌아왔다. 아래채 부엌에서 아버지의 중얼거리는 소리가 들렸다. 민은 귀를 기울였다. 아버지는 소를 달래는 중이었다. 오래지 않아 아버지의 목소리가 뚝 끊겼는데 소가 없다는 사실을 그제야 알아차린 것 같았다. 아버지는 식구들을 깨우지 않고 혼자서 소를 찾으러 나갔다. 민은 모르는 척 누워 있었다. 안채에서 아무런 기척이 없는 걸 보니 어머니와 누나는 깊이 잠든 모양이었다.

30분이 지나고 한 시간이 지났다. 추운 계절은 아니지만 지난겨울의 일이 떠올라 불안했다. 아버지에게 무슨 일이 생기면 소가 울어줬을 텐데.

민은 입술을 깨문 뒤 옷을 챙겨 입고 아버지를 찾아나섰다. 이따금 들리는 개 짖는 소리만 아니라면 고요한

새벽이었다. 어딘가에 쓰러져 있을지도 모르는 아버지를 놓치지 않기 위해 숲을 헤치고 나아가듯 주위를 살피며 신중하게 걸어갔다. 고개를 돌려보니 철교 중간에 누군가 있었다. 하늘과 맞닿은 터라 윤곽이 선명했는데 사람이 서 있는 것 같기도 하고 소가 앉아 있는 것 같기도 했다. 머릿속에 아버지와 소뿐이어서 그렇게 보이는지도 몰랐다.

민이 철교 아래에 가서 보니 실루엣은 그대로였다. 누군가 민을 불렀다. 수가 어둠 속에서 불쑥 나타났다.

"진수야, 여기서 뭐 해?"

"아버지 기다려. 너는?"

민은 대답 대신 철교를 가리켰다.

"나도 누군지 궁금해서 이쪽으로 방금 온 거야."

"올라가볼게."

가파르고 높은 철둑을 기어서 오른 민은 철교 북쪽 끝에 섰다. 민의 뒤를 따라 수도 올라왔다. 철교의 중간 지점에는 아버지와 소가 함께 있었다. 아버지는 침목에 걸터앉아 두 다리를 아래로 늘어뜨린 채였고 소는 그 옆에 무심하게 서 있었다. 거기 서 있는 소는 현실이었지만 지독한 비현실이기도 했다. 대체 왜 소가 아버지와 함께 저기에 있단 말인가. 이윽고 그럴 수도 있겠다는 생각이 들었다.

소는 이전에도 아버지를 구한 적이 있으니까. 민은 어둠을 믿기로 했다. 어둠은 침목과 침목 사이의 공간을 구분하기 어렵게 했지만 한 번도 철교를 건너본 적 없는 민에게 용기를 주기도 했다.

"탄광에서 출발한 화물열차가 올 시간이야."

기차가 지나다니는 시간을 누구보다 잘 아는 수의 말에 민은 고개를 끄덕였다.

민은 일정한 보폭을 유지하며 침목을 딛고 철교 중간으로 다가갔다. 더럽게 무서웠지만 무서워하는 건 내부에 들어 있는 또 다른 자신인 것 같아 무섭지 않기도 했다. 단단한 허공을 딛고 가는 기분이었다. 민은 소가 놀라지 않도록 소의 옆구리에 슬며시 손을 댔다. 손바닥에 떨림이 전해졌다. 작두에 오른 오리의 몸통을 두 손으로 잡아 누르고 있는 동안 느꼈던 떨림과 똑같았다. 무서운데 왜 왔어, 이렇게 힐난하고 싶었지만 그럴 수 없었다.

"아버지, 정신 차리세요."

아버지가 고개를 들었다.

"으응, 큰애가 언제 내려와서 여기 있다니?"

"형이 아니라 소예요."

아버지가 민을 바라보았다. 아버지의 두 눈은 여전히 소의 눈처럼 커다랬지만 어떤 빛도 깃들지 못하는 어두컴컴한 동굴 속 같았다.

"소라구요, 아버지. 우리 소!"

민은 오른손을 번쩍 들어 아버지의 뺨을 갈겼다. 메마르고 거친 데다 광대뼈 탓에 단단한 질감이 느껴지는 뺨이었다. 왠지…… 후련했다.

아버지는 멍하니 있다가 뒤늦게 머리를 흔들었다. 뺨을 야무지게 후려치는 막내의 손바닥을 이제라도 피하려는 듯. 민이 다시 손을 번쩍 들자 아버지가 웅얼거렸다.

"알았다, 알았어. 이게 영민이가 아니라 소란 말이지?"

"죽으려면 혼자 죽지 왜 소까지 죽이려고 해요?"

민이 씩씩거리자 아버지가 변명하듯 말했다.

"나만 죽으려 했는데 이 녀석이 올 줄은 몰랐다."

"죽긴 왜 죽어요? 우리 식구 다 살아 있는데 왜 죽냐구요! 형을 그렇게 만든 놈들을 미워해야지 왜 아버지 스스로를 미워하냐구요! 아버지, 화물열차가 터널을 지났어요. 지금 건너가지 않으면 우리 진짜 죽어요."

아버지가 끙끙대며 다리를 끌어 올리더니 침목을 딛고 엉거주춤 일어섰다. 아버지는 소의 뺨을 어루만졌다.

"너를 영영 잃어버린 줄 알았다."

소가 길게 울었다.

"조심해라. 어떻게 왔는지 모르겠지만 여기까지 왔으니 저기까지도 갈 수 있겠지. 자, 가보자."

민의 귀에 소를 부리는 아버지의 혀 차는 소리가 들려왔다. 그 소리는 어둠 속으로 풀려 들어가 스러졌지만, 소는 소리에 맞춰 한 걸음씩 내디뎌 마침내 철교를 건너갔다. 이윽고 석탄을 실은 무개화차가 철커덩철커덩 지나갔다. 민은 어떤 생각에 골똘히 잠긴 채 기찻길가에 서 있는 수를 보았다.

집으로 돌아가는 길에 아버지는 술기운이 가신 목소리로 말했다.

"막둥아…… 부탁 좀 하자. 이건 너하고 나만 알자. 느이 어머니한테는 비밀이다."

민은 고개를 끄덕인 뒤 수가 사라진 쪽을 가리켰다.

"진수는요?"

아버지는 낭패라는 듯 슬며시 웃었다.

"날 밝으면 온 동네가 알겠구나."

민은 아버지와 소의 뒤를 따랐다. 소는 돌아보지 않았다. 배가 고프거나 잠이 오거나 아무튼 소는 이렇게 말하는 듯했다. 해찰하지 말고 타박타박 부지런히 걸어서 얼른 집에 가자고. 이번에는 꼭 그렇게 알아들었다. 소가 귀에 대고 속삭여주기라도 한 것처럼.

민은 옆집 살던 애와 유별난 사이가 아니었는데도 왜 자꾸 떠오르는지 알 것 같았다. 눈이 그친 어느 날 숙이 민에게 말했다.

"설탕에 찍어 먹어도 맛있네."

쌓인 눈을 지그시 밟고 걸을 때처럼 마음 한구석에 뽀드득 소리를 내며 새겨진 그 말 때문이었음을. 아버지는 소를 팔지 못했다. 이제는 아버지가 쟁기를 끌고 소가 아버지를 부려야 할지도 몰랐다.

민은 소가 머리를 편히 기댈 수 있도록 바짝 다가앉았다. 민은 소의 머리를 두 팔로 그러안았다. 소의 뺨에 얼굴을 갖다 댔다. 무슨 말이든 해봐. 밤이 새도록 해가 떴다가 다시 지도록 바람이 불었다가 그치도록 계절이 바뀌었다가 되돌아오도록 언제까지나…… 하늘이 무너지고 땅이 꺼진대도 이대로 곁에 머물면서 네가 들려줄 이

야기에 귀를 기울일 테니 무슨 말이든 해주렴. 그래 그
렇게…… 소는 했던 말을 또 해야 하는 상황이 짜증스럽
지만 어쩔 수 없는 노릇이라는 듯 콧방귀를 몇 번 뀌더
니, 오랜 세월 민에게 들려주었으나 민이 알아듣지 못했
던 이야기를 다시 시작했다.

세월이 흐른 뒤 수와 민은 간이역 앞에 살던 선이 초
대한 전시회에서 만났다.
"정민아, 너희 아버지가 날 너로 착각하셨던 날 말이
야, 그 손짓을 아직도 잊을 수가 없어. 손짓이라는 게 참
이상하잖아. 오라는 것도 같고 가라는 것도 같잖아. 근
데 어떤 때에는 나를 부르는 게 아니라 내 안에 있지만
나조차 모르는 뭔가를 불러내는 것 같은 기분이 들거든.
꼭 그런 기분이었어. 너희 아버지는 말이야……"
민의 입가에 부드러운 미소가 떠올랐다.
"진짜 알고 싶은 건, 내가 아버지의 뺨을 때렸을 때 어
땠냐는 거지? 네 덕분에 패륜아라는 별명도 붙었잖아.
어쨌든 네가 생각하는 게 맞을 거야. 나도 아버지도 알
지 못했던 누군가가 그때 깨어났거든."

손금

그리운 사람이 있어서라고 했다. 희는 아무도 그립지 않았기에 요한의 말을 흘려들었다. 그랬다고 믿었는데 그 말이 문득문득 떠올랐고 그러면 마음이 뒤숭숭해졌다. 누군가를 그리워하지 않으면 안 되겠다는 생각까지 들었지만, 희가 그리워할 만한 사람은 눈을 씻고 찾아봐도 없었다.

　5학년 여름방학을 얼마 남겨두지 않은 날이었다. 뙤약볕이 내리쬐고 있었다. 기찻길 건널목을 지나 과수원을 끼고 걸어가다 보면 농업용 지하수 펌프가 있었다. 마을이 가깝고 집이 저만치 있었지만 희는 꼭 그쯤에 이르면 목이 말랐다. 펌프는 바로 옆 전봇대에 매달린 계

량기에 전원이 연결되어 있었고 스위치만 올리면 시원한 물을 콸콸 쏟아냈다. 그 물은 차갑기만 한 게 아니라 달기까지 했다. 자루 모양의 커다란 가방을 멘 요한이 펌프 앞에 서 있었다. 그때는 요한이 누구인지 몰랐지만 그런 이름을 지닌 먼 친척 사내가 오늘내일 올 거라던 아버지의 말이 떠올라 짐작은 됐다.

요한은 방금 물을 마셨는지 손등으로 입가를 쓱 닦았다. 희가 머뭇거리자 그가 슬그머니 옆으로 비켜섰다. 희는 물이 나오는 배수관 주둥이에 입을 댔다. 발 디딘 자리가 미끄러워서 균형을 잃었고 콧구멍으로 물이 왈칵 쏟아져 들어왔다. 콧속에 매운 기운이 가득 찼고 입천장에서 목구멍으로 흘러내린 물 탓에 사레가 들렸다. 희는 허리를 굽힌 채 캑캑대다가 물줄기 앞에 쭈그리고 앉아 코를 팽 풀었다. 눈물까지 찔끔 났다. 희가 고개를 들자 요한이 손 바가지를 눈앞에 내밀었다. 두 손날을 맞대어 오목해진 그의 손바닥 안에 물이 고여 있었다. 그걸 마시라는 뜻인지 그런 식으로 마시면 된다는 뜻인지. 희는 손바닥에 고인 물이 일렁이는 걸 보았고 거기에 비친 요한의 얼굴도 보았다. 처음 본 그의 얼굴이었다.

그의 가슴팍을 가리키며 요한이냐고 물으니 그가 고

개를 끄덕였다. 여긴 왜 왔냐고 묻자 그리운 사람이 있어서라고 했다. 희는 어리둥절한 눈길로 바라보았고 요한은 뭔가를 더 설명하려 했다. 여동생과 입양과 미국에 대해 말했지만, 2년 전 그 순간의 희는 그 말들을 이해하지는 못했다. 그리운 사람이 있다면 그 사람이 있는 곳으로 가야지 왜 여기로 온단 말인가. 뒤늦게 그의 차림새가 눈에 들어왔다. 낡은 운동화. 발목이 드러난 헐렁한 바지. 팔뚝을 걷어 올린 체크무늬 셔츠. "명희 맞지? 되게 보고 싶었어." 더더욱 모를 말이었다.

그해 여름 어느 날 희는 요한이 일하는 우사를 지나다가 두엄을 내고 있던 그의 뒤통수에 대고 물었다. "오빠는 뭐가 그리 그리운 건데?" 나이 차를 따지면 삼촌뻘에 가깝지만 요한은 오빠라고 불리는 걸 좋아했다. 희의 아버지는 삼촌이라 부르는 게 낫겠다고 했지만 요한은 항렬이 같으니 삼촌은 아니라며 손사래를 쳤다. 오빠라고 불러, 명희야. 난 그게 좋아. 희는 오빠라는 말이 선뜻 나오지 않았지만 그렇게 불렀고, 그렇게 부를 때마다 정말 그가 오빠라도 된 듯한 기분이 들었다.
　요한이 뒤를 돌아보았다. 손을 흔들었고 뭐라 뭐라 소

리쳤다. 분명히 밥 먹었냐는 말일 거였다. "왜 그리운 거냐구!" 그런 질문에 조리 있게 답해줄 사람은 아니었지만 딱히 듣고 싶어서 던진 질문도 아니었다. 그는 소들의 엉덩이를 찰싹 때려가며 비켜나게 한 뒤 방금 소가 섰던 자리의 두엄을 쇠스랑으로 퍼서 한곳에 수북이 쌓았다. 어느 정도 쌓이면 손수레에 옮겨 담아 축사 바깥의 두엄자리에 부려둘 거였다.

"오빠는 소가 안 무서워?" "가끔 무서워." "그런데 어떻게 소하고 그렇게 친해?" "친한 건 아니구, 소는 사람 말을 못 알아듣고 우리는 소의 말을 못 알아들으니까 알아들으려 노력할 뿐이야." "노력만 하면 되는 거야?" "그러면 돼. 얼굴을 보고 있으면 소도 나를 보거든. 눈길이 마주치면 뭔가 통하는 기분이야."

요한은 일손이 필요한 곳이면 이 마을 저 마을 어디나 갔고 희의 아버지가 부탁하거나 권유하는 일이라면 군말 없이 따랐다. 쉬는 날이면 그새 얼굴을 익힌 사내아이들을 데리고 개울과 골짜기로 가서 물고기, 가재, 다슬기를 잡거나 멱을 감았고 활과 화살을 만들어 쏘는 법을 가르쳐주었다. 그와 놀던 아이들이 뒤에서는 그가 좀 모자란 사람이라며 비웃었지만 그런 사실을 알았더라도 개의치 않았을 거다. 그는 또래의 사내들이라면 즐겨 할 법한 일들, 술을 마시고 화투를 치고 시내로 나가 영화를 보고 여자를 만나고⋯⋯ 그런 일들에는 무심했다. 아무튼 돈이 드는 일은 하지 않았다.

회는 『영한사전』을 펼쳐놓고 골똘히 생각에 잠긴 그를 자주 보았다. 요한이 가진 책이라고는 그 사전 한 권뿐이었다. "고향에 계신 목사님이 주신 거야. 나와 메리가 살던 집이 교회 옆이거든." 회가 웃었다. 온 동네 개들의 이름 가운데 절반은 메리였으니까. "하필이면 메리야?" "흔해서 좋대. 그래야 오래 산다잖아." "그래도 싫겠다." "싫고 말고 할 게 없어. 세 살 때 미국으로 갔으니까." "그럼 지금은 몇 살이야?" "너랑 같아. 열두 살." "우리 만나면 친구 하면 되겠다, 그치?" 요한이 고개를 끄덕였다. "이거 봐, 명희야, 나 돈 많아." 그는 두툼한 봉투에서 돈다발을 꺼냈다. "8년 동안 모은 거야. 그리고 이쪽지 좀 봐." 그가 내민 쪽지에는 이런 글자가 쓰여 있었다. "마냑 제가 불으에 사고로 죽꺼든 이 돈을 미국에 사는 제 동생 메리헌테 전해주셔요. 강요한 씀." 회는 맞춤법에 어긋나는 글자를 고쳐주었다. 요한이 기꺼워했다. "그렇게 좋아?" "응, 이게 내 유언인데 틀리면 안 되잖아."

　그런 말들을 나누고 얼마 안 되어 요한이 희에게 영어로 쓰인 편지를 보여주었다. 날짜를 보니 6년 전에 온 편지였다. 여름이 저물어 가을로 들어서고 있었다. 희는 반팔 아래 드러난 팔뚝을 두 손으로 번갈아 가며 쓸어내렸다. "목사님 사택으로 편지가 왔거든. 미국인 양부모님들 말이야. 목사님이 읽어주셨어." "오빠도 읽을 줄 알아?" 그는 고개를 저었다. "목사님이 말로 해주신 걸 다 기억하거든. 눈이 머는 병은 치료가 잘되고 있다고 했어. 건강하게 지낸다고 했어. 말도…… 그니깐 영어도 한대."

　요한은 영어로 같은 주소가 쓰인 여러 장의 항공우편 봉투를 보여주었다. 그 봉투는 일반 규격 봉투보다 크기도 했지만 테두리에 파란색과 빨간색의 빗금 모양 무늬가 있어서 눈에 띄었다. "목사님이 우선 주소만 적어주셨어. 언젠가는 내 손으로 쓴 편지를 보내라고."

　희는 눈이 먼다는 게 무언지 가늠해보기 위해 이따금 눈을 감은 채 걸어보거나 주변의 사물을 손으로 더듬으며 헤아려보았다. 그래 봐야 넘어지거나 꼼짝도 못 하거나 둘 중 하나였다. 방금 눈으로 보았는데도 눈을 감는 순간 모든 게 삽시간에 낯설어진다는 사실만 알게 되었다. 아무리 캄캄한 밤이어도 기다리다 보면 어둠에 눈이 익기 마련인데 고작 눈을 감는 것만으로도 어둠의 밑바닥에 이르게 된다는 사실이 두렵기도 했다. 세월이 흘러 어른이 된 뒤에도 희는 무언가를 잘 느끼고 싶을 때 눈을 감아보곤 했는데, 그럴 때면 이때 느꼈던 감정이 희미하게 되살아났다.

가을걷이로 바쁜 시절이 지난 뒤 한가해진 날에 희가 물었다. "편지는 언제 보낼 거야?" 멍하니 앉아 동쪽 하늘을 보던 그가 한숨을 내쉬었다. "사실 아직도 영어를 몰라. 명희 넌 아니?" "나도 몰라. 영어는 중학생이 되어야 배우거든. 내가 배워서 편지 써줄까?" "그래 줄래? 그러면 정말 고맙지." 그 말 때문이었을 거다. 사전을 두고 간 건.

요한은 그해 여름과 가을 내내 일만 하다가 갔다. 그러고 보면 그는 늘 왔다가 돌아가는 사람이었다. 요한은 저녁을 먹고 텔레비전을 보기 위해 희의 집에 왔다가 9시 뉴스가 하기 전에 자기 방이 있는 빈집으로 돌아갔다. 그는 잘 웃고 잘 울었다. 텔레비전을 보는 내내 웃음을 터뜨리거나 훌쩍거렸다. 전에는 희의 어머니가 곧잘 그랬는데 그가 오고 나서 어머니의 웃음과 눈물은 빛이 바랬다.

요한이 자신의 고향으로 가버린 날부터 희는 그를 까맣게 잊었다. 그런 줄 알았다. 그를 기억하는 사람이 있다면 박 권사를 빼놓을 수는 없었다. 교회는 건널목 너머 마을에 있었다. 박 권사는 요한이 머무는 동안 성경을 들고 그를 찾아가 교회에 나오기를 끈질기게 권유했다. 그는 다소곳하게 귀를 기울이고 고개를 끄덕이며 동의를 표했고 다음 날 반드시 교회에 가겠노라 다짐했다. 다음 날 아무리 기다려도 요한은 교회에 오지 않았고 박 권사는 다시 그를 찾아가 타이르고 나무라며 다짐을 받았다. 그다음 날에도 요한은 오지 않았다.

그가 머무는 동안 박 권사의 헛된 방문이 하염없이 반복되었듯이 약속하고 어기고 약속하고 어기는 요한 역시 변한 게 없었다. "싫으면 싫다고 해야지, 오겠노라 철석같이 다짐하고는 안 오니 내 속이 어떻겠냐구." 박 권사가 어찌나 자주 이렇게 말하고 다녔는지, 그와 얽힌 사연을 모르는 사람이 없었다. 희는 박 권사와 때때로 마주칠 수밖에 없었는데 언젠가 그이가 손금을 봐준 뒤

로는 먼발치로만 보여도 피하곤 했다. "어디 보자, 손 줘
봐. 아이구 이런, 잔금이 많아도 너무 많아서 인생이 어
수선하겠다. 교회 나와서 축복받고 액운도 막아야지,
응?"

　어머니의 심부름으로 요한에게 사과를 갖다주러 갔던
날 희는 그의 방문 앞 쪽마루에 앉아 있는 박 권사를 보
았다. 희가 꾸벅 인사를 했다. 박 권사의 얼굴은 잔뜩 구
겨져 있었다. "요한 총각, 이번에는 꼭 나오는 거야. 성
령이 임하신 사람이잖아. 이름부터가 그렇지 않아? 기
도를 성심으로 해야 미국으로 입양 보냈다는 동생도 잘
지내지 않겠어?" "권사님, 전 정말로 걱정 안 해요. 미국
이잖아요. 거긴 우리보다 훨씬 잘살고 안전하잖아요. 괜
히 선진국이겠어요." 박 권사는 할 말을 고르느라 잠시
머뭇거렸다. "그렇긴 하지만 믿음이 없으면 어디나 지
옥이야." 요한이 배시시 웃었다. "여기가 더 지옥 같은걸
요. 전 동생을 만나러 갈 거예요. 동생이 있는 곳이 저한
테는 천국이니까요. 그래도 주일에는 꼭 교회에 갈게요.
걱정 마세요." 박 권사는 떨떠름한 얼굴로 가버렸다. 가
기 전에 희에게 넌 잔금이 많아서 우여곡절이 많을 테니

꼭 교회 나와서 축복받으라는 말을 잊지 않았다.

희는 사과를 맛있게 먹는 요한을 바라보았다. "정말 미국에 갈 거야?" "응. 근데 쉽지는 않아. 초청장도 없고 비자도 없고…… 몰래 배에 태워 보내주기도 하는데 돈이 많이 들어. 일본으로 갔다가 하와이나 캐나다를 거쳐서 미국으로 가나 봐. 하지만 난 포클레인 자격증을 따서 갈 거야. 이만한 손으로 흙 퍼 올리는 중장비 알지? 그러면 중동에 가서 돈을 번 뒤 갈 수도 있고 바로 미국에 갈 수도 있으니까." 희는 열린 방문으로 바깥을 내다보았다. 저녁이 마당에 내려앉고 있었다. "근데 오빠, 메리가 돌아올 수도 있잖아." 요한이 무슨 말이냐는 듯 희를 빤히 보았다. "병이 안 나으면 양부모가 돌려보낼 수도 있잖아." "그럴 리가 없어. 눈을 고쳐주겠다고 약속하지 않았으면 내 목을 졸라도 안 보냈을 테니까. 그분들도 단단히 약속했거든." "오빠도 권사님한테 단단히 약속하고 어기잖아." "그건 다른 문제지. 사실은 우리 목사님이, 다른 교회는 가지 말라고 하셨거든. 성당은 아무데나 다녀도 되지만 교회는 한번 다닌 곳에 뼈를 묻어야한다셨어." "그런 말을 권사님한테 하지 그랬어?" "속상해하실까 봐 못 했어." "미국 사람들도 오빠가 속상할까 봐 말 못 하는 거 아닐까?" 어둑해지는 바깥에서 박쥐가 낮게 날아다녔다. 요한이 남은 사과가 담긴 그릇을 희 앞으로 밀었다. "잘 먹었어. 남은 건 가져가." 희가 처음 들어본 그의 차가운 목소리였다. 희가 방문을 닫으려 할 때 요한이 말했다. "한국에선 절대 못 고치지만 미국에 선 식은 죽 먹기라고 했어. 그러니까 그럴 일은 없을 거야. 미국이 어떤 나란데!"

요한은 떠나는 날 희의 방에 사전을 두고 갔다. 약속을 지켜달라는 뜻인 듯했다. 그가 두고 간 사전을 볼 때마다 희는 화가 치밀었다. 요한이 그리워할 사람은 메리뿐이며 메리에게 갈 수만 있다면 무엇이든 견딜 수 있다고 말하는 듯해서였다. 그런 사람을 기억해봐야 무슨 소용이 있을까.

그해 겨울 몇몇 사람이 희의 아버지에게 요한의 근황을 물었다. "탄광에서 몇 달 일하겠다던데 잘 지내고 있겠지." 아버지는 건성으로 대답했다. "요한이 걔가 좀 모자라 봬도 일머리랑 힘이 좋아서 어딜 가든 반겨준다고는 합디다." 아버지가 이렇게 눙치면 다들 고개를 주억거렸다. "젊은 애가 요령 피우지 않고 성실한 데다 깍듯

하니 아무렴 그렇겠지." 누군가 덧붙였다. "너무 깍듯해서 박 권사 속이 터졌다지." 웃음이 터져 나왔다. 저수지 아래 사는 사람은 요한을 정식 일꾼으로 쓰고 싶다고 했다. 이듬해 봄부터 우사를 늘려 소를 본격적으로 키워보겠다는 거였다. "걔가 소를 잘 다뤄서 쓸 만하긴 한데……"

　겨울이 더디게 지나갔다. 밤이면 아버지는 무 구덩이에서 팔뚝만 한 무를 하나씩 꺼내 깎아 먹었다. 영한사전을 뒤적이던 희는 아버지가 깍둑하게 자른 무를 들이밀면 고개를 저었다. 아버지는 매번 똑같이 말했다. "무먹고 트림만 안 하면 산삼 먹은 거랑 똑같단다야." 희는 그런 말이 촌스러웠다. 비슷한 건 비슷한 것일 뿐 진짜는 될 수 없으니까. 동생과 친동생이 다른 것처럼. 어머니는 희가 아닌 아버지를 거들었다. "야가 6학년 된다고 벌써부터 심통 부리네." 그 말도 촌스러웠다. "무를 영어로는 뭐라고 부른다니?" 희는 그 단어를 몰랐기에 대답하지 않았다.

　설이 지나고 희의 집과 멀지 않은 봉선이네 집이 살림살이를 챙겨 도시로 떠났다. 공부하러 또는 돈 벌러 떠난 한동네 언니 오빠도 있었다. 살갑지는 않아도 희를 괴롭히지도 않던 경자는 낮에는 공장에서 일하고 밤에는 공부하는 산업체 학교가 있다는 항구도시로 떠났고, 방위 복무를 마친 경철은 성공해서 돌아오겠다며 서울로 떠났다. 서른 가구 남짓의 작은 동네가 더욱 소슬해졌고 언젠가 머지않아 마침내 희도 그들처럼 떠나야 하는 날이 오리라는 걸 알았다.

희가 6학년이었던 해에는 요한이 오지 않았다. 그의 흔적은 손때 묻은 『영한사전』에만 남았다. 그마저도 잊혀서 1,200쪽짜리 『가정의학대백과』처럼 희가 태어나기 전부터 집에 있던 책인 것만 같았다. 다시 겨울이 왔다. 살림을 다 싣고 떠나는 집은 없었지만 중학교를 졸업하는 옥분이 항구도시로 떠났고 고등학교를 중퇴한 민구가 서울로 떠났다.

겨울은 더디게 지나갔다. 한우 목장을 시작한 사람이 아버지에게 요한의 근황을 자주 물었다. 지금 있는 일꾼은 영 마음에 들지 않는다면서. 아버지는 밤이면 여전히 무를 하나씩 깎아 먹었다. 무 조각을 들이밀면 희는 한결같이 고개를 저었고 아버지도 똑같이 말했다. 무, 트림, 산삼. 희는 자기 자신이 된다는 게 어떤 건지 궁금했다. 비로소 내가 되었다,라고 말할 수 있는 사람은 어떤 사람인지가. 어머니는 희가 무슨 생각을 하는지 전혀 몰랐다. "야가 중학생 된다고 벌써부터 심통 부리네." 하긴 희도 어머니가 무슨 생각을 하는지 알 수 없었다. "중학생을 영어로는 뭐라고 부른다니?" 희는 그 단어를 알았지만 대답하지 않았다. 만약 영어로 말해줬다면 어머니는 이렇게 답할 게 뻔했다. "뭐가 그리 길다니." 머릿속으로 이런 생각을 하는 동안 드라마가 끝났다. "명희야, 토요일에 역전에 나가볼래?" "왜?" "요한이 기억하지? 걔가 기차 타고 올 건데 마중 나가면 얼마나 좋아하겠냐." 희가 대답하지 않자 아버지가 은근한 목소리로 덧붙였다. "걔는 너 보고 싶어서 온다더라." 희는 할머니 방으로 건너가서 잠시 앉았다가 제 방으로 갔다.

간이역 대합실은 따뜻했다. 학교에 있는 것과 똑같이 생긴 석탄 난로가 한가운데서 이글거렸다. 한동네 아주머니들이 자꾸 말을 붙였다. "베드로가 온다며?" "베드로가 아니라 요한이라니깐." "명희는 오빠 생겨서 좋겠다." "걔가 원래는 멀쩡했는데 동생 잃고 얼뜨기가 됐다지." "얼뜨기고 뭐고 일만 잘하구 싹싹하더구만." "박 권사가 잔뜩 벼르던데 이번에는 순순히 넘어오려나?" 그 말을 하고는 까르르 웃었다.

마을 사람들은 서로의 살림과 사정을 손금 보듯 잘 알았다. 그렇다고들 했다. 희는 그 말을 수긍하지 않았다. 아무리 손바닥을 들여다보아도 손금이 눈에 익지는 않았다. 어쩌면 그래서 손금 보듯 안다고들 하는지도 몰랐다. 돌아서면 잊을 남의 일일 테니. 돌아서도 결코 잊을 수 없는 일이란 그런 게 아니었다. 요한을 처음 보았던 2년 전 그날은 한 번 겪은 일인데도 선명하게 떠올랐으니까. 설령 그 말을 수긍한다 해도 남들은 도무지 알 수 없는 일도 있었다. 희가 왜 5학년 때 부반장을 그만두었는지, 6학년 때 반장 선거에 나가지 않았는지. 희는 생각을 털어내기 위해 고개를 흔들었다. 어차피 엄마 아빠도 모르니까.

하행 열차가 간이역에 멈춰 섰다. 기차에서 내린 사람들은 대합실을 거쳐 역 앞으로 나가 뿔뿔이 흩어졌다. 하행 열차는 출발하지 않았다. 철로가 하나인 탓에 상행 열차가 오기를 기다리고 있었다. 역무원이 상행 열차 접근을 알렸다. 이윽고 대합실이 텅 비었다. 희는 장갑을 끼고 방울 모자를 쓰고 나가 승강장에 서서 두리번거렸

다. 꼬리 칸 쪽에서 내린 사람이 희를 향해 달려왔다. "명
희야!" 희는 요한을 뭐라 불러야 할지 잠깐 고민했다. 어
느새 가까이 다가온 그가 희를 번쩍 들어 올리려다 잘못
을 깨달은 듯 주춤하더니 주먹을 내밀었다. 희는 장갑을
낀 채로 그의 오른 주먹에 자신의 오른 주먹을 갖다 댔
다. "추운데 왜 나왔어. 어디 보자. 올해로 열네 살이구
나. 아가씨가 다 되었네." 그의 얼굴은 전보다 새까맸다.
그는 손으로 희가 쓴 방울 모자를 지그시 눌렀다. "되게
보고 싶었어."

　종합선물세트였다. 여러 종류의 과자가 든 커다란 상
자가 요한의 자루 모양 가방에서 나왔다. 이제 중학생이
되는 희에게는 썩 반갑지 않은 선물이었다. 어쨌거나 그
가 돌아왔다. 돌아왔다는 말은 좀 이상하긴 했다. 먼 친
척인 그는 2년 전 처음 희의 집에 왔던 거니까. 그 전에
는 까맣게 몰랐던 사람이니까.
　그때도 희의 집에는 요한이 기거할 방이 없었다. 며칠
동안은 희의 방에서 지냈지만 요한이 먼저 나가겠다고
말했다. 요한 탓에 할머니 방에서 지내야 했던 희는 내
심 기뻤다. 그는 빈집이 된 지 얼마 안 된 곳에서 방을 하

나 골라 쓸고 닦고 신문지로 벽을 발랐다. 회의 아버지가 전기를 도둑질하는 방법을 알려줘서 전등을 달아놓고 썼다. 거기에서 가을까지 지내다 갔던 거였다.

돌아온 그는 빈집 대신 저수지 아래 한우 목장에 있는 일꾼 방에 짐을 풀었다. 이름은 목장이지만 목초지 같은 건 없이 우사 한 동이 전부인 곳이었다. 그가 머무는 일꾼 방에는 연탄보일러도 있고 풍로도 있어서 간단한 요리를 해 먹을 수 있었다. 냄비와 그릇, 주전자와 수저 등은 회의 어머니가 챙겨준 걸로 썼다. 그는 혼자서 끼니를 때우는 대신 식대를 월급에서 떼지 않는 조건으로 살았다.

요한은 2년 전과는 달리 저녁마다 회의 집에 오지는 않았다. 예전에는 없던 라디오 때문인 듯했다. 그의 방에서는 언제나 희미하게 팝송이 흘러나왔는데 이따금 들려오는 사람의 목소리마저 영어였다. "오빠, 맨날 뭐 들어?" "주한미군방송." "뭔지는 알아들어?" 그는 고개를 저었다. "그런데 왜 들어?" "그냥, 듣고 있으면 마음이 편해져." 그의 목소리에는 기운이 없었다.

목장 주인은 요한이 예전만큼 힘을 쓰지 못한다면서 회의 아버지에게 무슨 일이 있었던 거냐고 물었다. 아버지는 깎은 무를 건넸다. "탄광에 있을 때 몸이 좀 상했나. 너무 다그치지 말고 지켜보면 차차 나아지겠지." 목장 주인이 돌아가고 난 뒤 아버지는 한숨을 내쉬었다. "요한이가 사기를 당했나 봐. 부산항에서 일본으로 가는 밀항선을 타려다가 돈만 날린 모양이야. 상심이 컸는지 애가 아주 야위고 넋이 나갔어."

　야위고 넋이 나갔다던 요한은 사진 속에서 누구보다 밝게 웃고 있었다. 희의 초등학교 졸업식 날이었다. 식구들과 함께 요한이 왔다. 사진을 찍을 때는 희의 오른쪽에 요한과 아버지가 섰고 왼쪽에 할머니와 어머니가 섰다. 희는 꽃다발과 졸업장을 가슴에 꼬옥 품고 있었다. 나중에 현상한 사진을 보니 정말 친오빠 같았다. 그날 시내 중국집에서 짜장면과 탕수육을 먹었다. 짜장면을 먹다 말고 요한이 밖에 나갔다 왔는데 눈시울이 벌겠다. 집에 돌아오니 희의 방에 포장된 선물이 있었다. 끌러보니 장정이 고급스러운 『영한사전』이 나왔다. 중학생이 아니라 고등학생이나 볼 법한 두껍고 묵직한 개정판 신간이었다. 그래서 희는 1년 반 가까이 들여다보던 손때 묻은 사전은 시렁 위에서 먼지만 쌓여가는 『가정의

학대백과』 위에 얌전히 올려두었다. 벽에 닿도록 밀었더니 아래에서는 사전이 보이지 않았다. 희는 먼지 묻은 두 손을 탁탁 털었다.

요한의 방을 가장 먼저 찾아온 손님은 박 권사였다. 박 권사는 마른반찬과 간식거리를 놓고 갔다. 교회에 나오라는 말은 하지 않았지만 희와 마주치면 여전히 손금을 타박했다. 중학교에 입학하고 봄이 왔지만 아침마다 서리가 내렸다. 희는 알파벳은 물론 간단한 영어 단어와 문장을 읽고 쓸 줄 알아서 영어 선생에게 칭찬을 받았다. 수업이 끝난 뒤 교무실에서 영어 선생과 이야기를 나누었다. "한두 달 해본 실력은 아닌 것 같은데 영어는 언제부터 공부했니?" 희는 어디서부터 말해야 할지 갈피가 잡히지 않았다. 5학년 겨울에 희는 요한이 두고 간 사전을 무심코 뒤적이다 한 낱말에 눈길이 머물렀다. 희는 작디작은 글자를 하나하나 헤아렸다. 그 단어의 뜻풀이는 그리움이었다. 그리움. 어떤 감정은 그 감정을 가리키는 말 때문에 생겨나기도 하는 것 같았다. 희는 아무도 그립지 않았는데 그 글자를 읽자마자 막연하게 무언가가 그리워졌다.

6학년이 되어 반장 선거를 치르던 학급회의 시간에 한 친구가 희를 후보로 추천했다. 희는 교단에 올랐을 때 후보를 사양하겠다고 말했다. 담임 선생이 농담조로 왜 그러느냐고 물었다. "저는 계집애니까요." 모두가 웃었지만 희는 웃지 않았다. 아무 생각 없이 떠오른 말이었다. 떠올랐다기보다 입에서 저절로 나온 말이었다. 아니, 어쩌면 5학년 봄으로 다시 거슬러 가야 했다. 희는 남학생인 영진과 똑같은 수의 표를 얻었다. 두 사람만 재투표하기로 했는데 담임 선생이 희를 복도로 불러냈다. "명희야, 네가 양보하면 어떨까?" 복도 창문 너머 하늘은 눈부시게 희고 푸르렀다. 눈물이 난 건 그래서였지 다른 이유가 있어서는 아니었다. 희는 눈물이 차오른 눈을 지그시 감고 두 손바닥으로 눈두덩이를 꾹 눌렀다. 눈물이 손목 쪽으로 흘러내렸다. 희는 자신이 낯설었다. 자기가 아닌 다른 누군가가 되어버린 기분이었다. "넌 4학년 때도 부반장 잘했잖아. 아무래도 남학생이 반장을 하고 여학생이 부반장을 하는 게 보기에도 좋지 않겠니." 희는 세월이 흐른 뒤 보기에 좋지만 거짓인 것과 보기에 좋지 않아도 진실인 것 사이에서 갈팡질팡할 때마다 그날을 떠올리게 되었다.

희는 말하지 못했고 영어 선생은 다시 묻지 않았다. "가을에 시 교육청에서 주관하는 영어 경시대회가 있어. 선생님은 명희가 자만하지 않고 열심히 하면 좋겠어. 시내 중학교에는 유학을 다녀온 애들도 있거든."

교무실을 나오는데 학급일지를 검사받으러 온 수가 아는 체를 했다. 초등학생 시절 여러 번 같은 반이었던 녀석이었다. "너 되게 멋있다." 희는 못 들은 척했다. 교문 앞에서도 지나가던 수가 말을 던졌다. "박 권사님 아들 특전사 알지? 요한 형이 자기 어머니 괴롭힌다고 한판 하겠대." 희는 얼른 손을 뻗어 수가 타고 가던 자전거의 짐받이를 붙잡았다. 수가 휘청거리다 멈춰 섰다. "저번에도 너 땜에 넘어져서 무릎 까진 거 몰라?" 수가 투덜댔다. 희는 아랑곳않고 수에게 바짝 다가갔다. "언제?" "말은 그런데 언제인지는 몰라. 허풍일 수도 있지." "너네들이 부추겼지?" "그 바보들이…… 알았어, 알았어, 때리지 마." "요한 오빠는 바보가 아냐. 바보라 해도 너보다는 백배 똑똑해." 수는 자전거를 슬금슬금 앞으로 끌고 갔다. 희는 짐받이 잡은 손에 힘을 주었다. "애초에 그런 소문 퍼뜨린 게 진수 너라는 걸 모를 것 같아?" "좀 이상한 건 맞잖아." "내 눈엔 네가 이상하거든." 수가 입맛을 다셨다. "친오빠도 아닌데 뭘 그렇게 감싸고 돌아?" 짐받이를 잡고 있던 희의 손에서 힘이 풀렸다.

"한 번만 더 바보라고 하면 가만두지 않을 거야." 수는 고개를 끄덕이더니 비밀이라도 털어놓듯 소곤거렸다. "얘기 들었거든. 영어 시간에 다들 너 땜에 놀랐다던데. 내가 예전부터 알아봤잖아." "뭘 알아봐?" "5학년 땐가 굴다리 아래 지나는데 뜬금없이 물었잖아. 그리움을 뜻하는 영어 단어를 아느냐고." "기억 안 나. 어쨌든 그게 뭐?" "생각보다 똑똑하지는 않네. 아무튼 그러고 나서 6학년 때, 그러니까 작년 봄에 운동장 버드나무 아래서 말이야, 네가 나한테 알려줬잖아. 그 단어. 내가 그걸 일주일 동안 달달 외웠거든." "그게 뭐였는데?" 수가 어깨를 으쓱했다. 미국인이라도 된 것처럼. "여닝yearning!"

희는 잠시 생각에 잠겼다가 수를 노려보았다. "그거 아니야." "뭐라고? 1년이나 외웠는데." "1년 헛살았네." 수는 복잡한 얼굴로 안장에 올랐다. "우리 누나도 영어 잘하는데 중학생 때부터 해외 펜팔했거든. 너도 생각 있으면 해봐." 희는 주변을 둘러보았다. 아무도 없는 걸 확인하고는 오른손의 가운뎃손가락만 세워서 수에게 내밀었다. 수가 고개를 갸웃 기울였다. 수는 주먹 쥔 손의 팔

목을 다른 손으로 쥐고 흔들어대는 것밖에 모를 테니까.

세월이 흐른 뒤에도 희가 그날을 가끔 떠올리게 된 까닭은 영어 선생이나 수와 나눈 대화 때문은 아니었다. 집에 돌아오니 마루 위에 항공우편 봉투가 놓여 있었다. 요한 앞으로 온 편지였다. 그의 이름이 영어로 또박또박 쓰여 있었다. 그는 저녁에 찾아와 편지를 건네받았다. 희의 할머니 손을 붙잡고 오랫동안 자랑하더니 희에게는 편지를 읽을 수 있겠냐고 물었다. 희는 자기도 모르게 고개를 끄덕였다. 그날 밤 희는 방에 틀어박혀 요한이 선물해준 커다란 사전을 옆에 두고 한 글자 한 글자 찾아가며 문장을 읽어 나갔다.

나는, 유감, 소식, 전한다, 메리, 없다. 하늘, 있다. 당신, 동생, 고이, 잠들다. 병, 치료, 불능, 사고는, 일어나, 뜻밖에…… 작은 글자로 빼곡하게 쓰인 영문 편지를 희는 밤이 깊도록 되풀이해서 읽었다. 자신할 수는 없지만 이런 내용인 듯했다. 당신이 보낸 편지는 한글로 쓰여 있어서 읽을 수가 없었고 답장을 하지 못했다. 그 편지는 나중을 위해 고이 간직하고 있었다. 메리의 눈을 고치기 위해 애썼으나 차도가 없었다. 1년 전에 교통사고가 났다. 메리가 병원에서 치료를 받다가 숨을 거두었다. 편지가 늦은 이유는 우리 부부 역시 1년 가까이 치료를 받아서였다. 살았을 적에 메리는 신기하게도 당신을 기억했다. 우리에게 당신이 어디 갔냐고 묻기도 했다. 우리는 당신이 먼 곳으로 갔고 언젠가 메리를 만나러 올 거라고 이야기해주었다. 메리를 잃은 건 큰 고통이고 슬픔……

희는 잠들지 못했다. 편지 내용이 믿어지지 않았다. 메리가 이미 1년 전에 죽고 이 세상에 없다는 사실이 안타까웠지만 슬프지는 않았다. 영어로는 쓸 수 없기에 한글로라도 써서 편지를 보내야 했던 그의 마음을 헤아리려 애썼다. 다음 날 저녁 희는 요한에게 편지를 번역해서 읽어주었다. 요한은 눈을 감고 귀를 기울였다. 다 듣고 난 뒤에도 한동안 그는 눈을 뜨지 않았다. 눈을 뜨자 눈물이 뚝뚝 떨어졌다. 그는 편지를 가슴에 꼭 껴안았다. "고마워, 명희야. 우리 메리가 앞을 볼 수 있게 되었다니, 학교에서 상도 받았다니 정말 기뻐. 아주 어렸을 때 헤어졌는데 나를 기억하다니 메리도 너처럼 똑똑한 거야, 그렇지?" 희는 고개를 끄덕였다. "되게 보고 싶다. 하루하루가 너무 아까워."

일요일에 요한은 희의 집에서 저녁을 먹었다. 밥을 먹는 내내 희는 싱글벙글한 그의 얼굴을 똑바로 바라보지 못했다. 요한은 밥을 다 먹자마자 일어섰다. 그는 희의 아버지와 함께 집을 나섰다. 어머니가 어둠 속으로 사라지는 두 사람을 불안한 눈으로 지켜보았다. 어머니가 할머니에게 하소연을 했다. "대학생들이 와서 뭘 한다던데 그런 데를 왜 찾아다니는지." 희는 기독교 학생회 대학생들이 부활절을 맞아 교회에 와서 연극을 공연한다는 이야기를 고등학생 언니들에게 들은 적이 있었다. 희도 보고 싶다고 하자 언니들은 고개를 저었다. 중학생은 안 된다면서. 중학생은 볼 수 없는 부활절 공연이라니. 이해할 수 없었지만 언니들의 말투에서 느껴지는 조심스러움과 불안 탓에 따져 묻지는 못했다.

다음 날 희는 학교 수돗가에서 수를 보았다. 수라면 뭔가 알고 있을 듯했다. 수는 바지 주머니에서 꾸깃꾸깃한 종이를 꺼내 희에게 슬쩍 보여주었다. 얼핏 눈에 들어온 문장은 이런 거였다. 6년 전 광주에서 2,000여 명의 애국 시민이 단지 민주주의를 요구했다는 죄로 학살된 이후, 이 정권 치하에서 숱한 노동자 농민 도시 빈

민들이 죽음으로 내몰렸고 구조적인 가난에 허덕여왔
다…… 수는 목소리를 낮춰 말했다. "기독 청년 부활절
메시지래."

한참 돌아가는 길이었지만 희는 하굣길에 일부러 요
한이 있는 목장을 지나쳐 갔다. 그의 방에서는 희미한
음악 소리가 들렸다. "학교에서 곧장 여기로 왔구나." 그
는 희의 책가방을 빼앗아 멨다. 희는 그와 함께 집으로
향했다. "오빠, 어젯밤에 아빠랑 뭐 했어?" 희가 하려던
말은 이런 게 아니었지만 어쩔 수 없었다. 그가 싱긋 웃
었다. "숙모님이 물어보라고 하셨어?" "그건 아니고."
"비디오 봤어. 대학생들이 틀어줬어." 해가 설핏 기울었
다. "명희 넌 똑똑하니까 그런 거 안 봐도 돼. 그리고 사
실 대학생들 말도 믿을 수 없어. 미국이 왜 나빠, 주한미
군이 왜 철수해야 돼. 철수하면 안 돼. 방송도 그만둘 테
니까." 희는 요한의 말을 귀담아듣지 않았는데 그는 계
속해서 말했다. "그건 미군이 한 게 아니잖아. 국군이 한
거지."

며칠 뒤 하굣길이었다. 건널목 근처에는 그 마을의 회
관 겸 구멍가게가 있었다. 어른들은 거기에서 막걸리도
마시고 화투도 쳤다. 그 앞이 조무래기들로 북적였다.

특전사라는 별명이 붙은 박 권사의 아들이 요한의 멱살을 잡고 을러댔다. 특전사를 나와서는 아니었다. 학력 미달로 지원조차 할 수 없어 방위로 복무한 사람이었다. "모자란 녀석이라고 오냐오냐했더니 못 하는 말이 없네. 너 같은 자식은 감방에서 푹 썩어야 돼!" 희는 조무래기들 틈을 헤치고 들어갔다. "미군이 잘못한 게 아니잖아요. 국군이 그런 거지." 희는 왜 싸움이 일어났는지 알 것 같았다. 특전사가 요한을 넘어뜨리더니 그 위에 올라탔다. 하지만 금세 사정이 바뀌어 거꾸로 요한이 특전사 위에 올라탔다. 힘으로 치면야 특전사가 그를 당해낼 수 없었다. 희가 나서려 할 때 특전사의 막냇동생이 요한의 등에 매달렸다. 요한이 그 아이를 돌아보았다. "나쁜 놈아, 우리 오빠 내버려 둬. 우리 오빠란 말이야!"

희는 보았다. 요한의 몸 전체가 느슨해지면서 어깨가 축 늘어지는 걸. 짧은 순간에 벌어진 일이었지만 희의 눈에는 더없이 느리고 분명하게 보였다. 그의 절망이 희에게 전해졌고 희는 꼼짝도 하지 못했다. 요한은 특전사가 하는 대로 내버려 두었다. 코피가 터지고 눈가가 찢어졌다. 박 권사가 나타나 뜯어말릴 때까지.

희가 기억하는 요한의 마지막 말은 그리운 사람이 있는 곳으로 간다는 거였다. 시내에서 대규모 시위가 벌어졌던 초여름 어느 날 건널목 근처 그 가게에서는 큰 판돈이 걸린 도박판이 벌어졌다. 그는 돈을 걸었고 모두 잃었다. 늦은 밤 희는 어머니와 함께 아버지를 기다렸다. 시내에서 무슨 일이 있었는지는 마을 사람들 모두 알고 있었다. 할머니의 코 고는 소리만이 들렸다.

인기척이 났다. 문을 열어보니 마당 한가운데 요한이 서 있었다. "숙부님은요?" 가느다란 그의 목소리가 안방 문 앞까지 이르지도 못하고 마루 앞 토방에 툭 떨어졌다. 그 탓에 웅얼거리는 소리로만 들렸다. 그는 자루 모양 가방을 마루에 내려놓았다. 잠시 맡아달라는 거였다. 이 늦은 밤에 어딜 가느냐는 어머니의 질문에 그는 고개를 푹 숙인 채 웅얼거렸다. 웅얼거렸지만 그가 하고 싶어 하는 말을 희는 알아들었다. 그래서 희는 이렇게 말했다. "가지 마, 오빠." 그는 돌아오지 않았다. 희는 시렁 위를 손으로 더듬었다. 사전이 손에 잡히지 않았다.

요한의 고향에서 편지가 왔다. 아버지는 희에게 요한은 먼 곳으로 갔다고 말했다. 희는 그 말을 말 그대로 이해하기로 마음먹었다. 그는 돌아오지 않는 게 아니라 아직 어딘가에 이르지 못해 여전히 여행 중인 거라고. 그래서 세월이 흐른 뒤에도 희는 상상할 수 있었다. 마침내 미국에 도착해 메리와 재회하는 그를.

자루 모양 가방에 든 게 결국 다 유품이 되어버렸다. 그 안에서 사전을 찾았을 때도 놀라지 않았다. 그리고 낯익은 봉투를 발견했다. 이전보다 훨씬 얄팍해졌지만 유고 시에 주위 사람에게 당부하는 유언이 담긴 그 봉투 말이다. 희는 봉투를 열고 쪽지를 꺼냈다. 쪽지에는 이렇게 쓰여 있었다. "마냑 제가 불으에 사고로 죽꺼든 이 돈을 사랑하는 제 동생 강명희헌테 전해주셔요. 강요한 씀."

2년 전 여름 요한을 처음 만났던 날이 떠올랐다. 그 손바닥에서 요한의 얼굴을 처음 보았듯이 요한도 손바닥에 고인 물에 비친 모습으로 희의 얼굴을 처음 보았을 테다. 그때 희의 얼굴은 어떠했던가. 사레가 들려 얼굴이 달아오르고 콧물과 눈물이 차오르고 코끝과 눈시울이 벌게졌을 테니 영락없이 울고 난 뒤의 얼굴이었겠지. 희는 요한이 내민 손바닥을 그런 식으로 물을 받아 마시면 괜찮을 거라는 뜻으로 헤아렸고, 그렇게 했다. 물줄기가 세서 손바닥에 원하는 만큼 물이 고이지 않았는데 물줄기가 약해지자 손바닥 가득 물이 차올랐다. 그가 전원 스위치를 내린 덕분이었다. 물줄기는 가늘어지다 그쳤고 희는 물 아래 잠긴 손금을 보았다. 잔금이 많아 삶이 어수선할 거라던 손금들이 일렁이는 표면을 따라 살아 움직였고 한순간이나마 희는 자신의 운명이 어디론가 달려가는 걸 느꼈다.

손은 눈물을 쥐기 좋게 생겼다. 눈물이 차오른 눈을 감고 두 손바닥으로 지그시 눈두덩이를 누르면 손바닥에 눈물이 고이고 그 손바닥을 떼면 손금을 따라 눈물이 흘렀다. 요한이 가르쳐주지 않았지만 희는 깨달았다. 손바닥이 왜 그런 모양인지를.

"명희 맞지? 되게 보고 싶었어." 그렇게 말한 뒤 요한은 주먹 쥔 오른손을 내밀었다. 그가 주먹을 까딱거렸다. 희도 주먹 쥔 오른손을 내밀었다. 젖은 두 주먹 끝이 마주쳤고 그가 웃었다. 세월이 흘러 희는 이런 사람을 사랑하게 될 거였다. 가난함을 부끄럽게 여기지 않는 가난한 사람과 부유함을 부끄럽게 여기는 부유한 사람을. 요한은 어디에나 속했고 어디에도 속하지 않았다.

희는 야외 수돗가에서 수와 마주쳤다. 수는 지나가던

영어 선생에게 큰 소리로 물었다. "선생님, 그리움은 영어로 뭐예요?" 영어 선생이 수돗가로 다가왔다. "그건 왜?" "궁금해서요." "비슷한 말이 많아서 뭐라고 해야 할지 모르겠는걸." "혹시, 여닝 아니에요?" "여닝…… 그래, 맞는 것 같구나." "정말 맞아요?" "그렇대두." 수의 표정이 일그러지는 걸 희는 보지 않아도 알 수 있었다.

수도 언젠가는 알게 될 거였다. 여닝도 그리움으로 읽을 수 있지만 진짜 그리움은 명사가 아니라는 걸. 그리움은 누군가를 향한 마음이고 그 사람을 향해 달려가는 감정이어서 언제나 동사라는 걸. 그러기에 그리움에 가장 가까운 영어 단어는 동사인 미스miss일 수밖에 없음을. 그리워하는 건 잃어버린 것이고 아직은 아니라 해도 결국 잃게 될 것을 가리키므로.

"강명희, 너 나 속였지?" 수가 가운뎃손가락만 세운 오른손을 희의 눈앞으로 내밀었다. 그게 무슨 뜻인지 결국 알게 된 모양이었다. 희는 눈을 깜박거리며 뭔지 모르겠다는 표정을 지었다. 수가 손가락을 건들거렸다. 이게 뭔지 잘 알고 있지 않느냐는 뜻일 텐데 희는 전혀 모르겠다는 듯 고개를 기울이며 말똥말똥한 눈으로 수를 바라보았다. 이윽고 수는 혼란에 빠졌다. 수는 내민 손

을 슬그머니 거두더니 입맛을 다시며 복잡한 표정으로
돌아섰다.

　희는 편지를 썼다. "그는 동생을 무척 그리워했습니
다. 그는 언제나 동생 생각을 했습니다. 맛있는 음식을
먹으면 동생을 떠올렸고 아름다운 풍경을 보아도 동생
을 떠올렸습니다. 죽어서도 마찬가지일 겁니다. 우리는
그가 죽었다고 생각하지 않습니다. 그는 이미 그곳에 도
착했을지도 모릅니다……"

작가의 말

다시 터널 앞에 섰다. 그토록 오랜 세월이 흘렀음에도 터널은 터널이어서 무량해 보였다. 달려오는 기차에 꼼짝없이 치일 것만 같던, 무사히 빠져나간다 해도 터널 밖은 여전히 어두운 밤이어서 서글펐던, 가슴에 고이 묻은 감정이 되살아났다.

내가 잊은 풍경이 나를 기다리고 있었다. 그래서 알게 되었다. 어떤 기대도 품지 않고 기억하는 일이야말로 가장 커다란 기대임을.

레일 위로 자전거를 타고 간 사람, 기차 아래 들어가 기차를 막아선 사람, 어린 손녀를 업고 기찻길을 걸어간 사람, 소를 몰고 철교를 건넌 사람, 간이역 승강장에서 단풍잎 같은 손을 흔들던 사람…… 그이들이 나지막한 목소리로 이야기를 들려주었다.

그렇게 나는 너와 함께 터널 앞에 서 있었다. 너의 이야기가 아닌데도 너는 귀를 기울였지. 이 풍경이 내 슬픔마저 나누어 가졌음을 잊지 말아야 한다는 듯.

나 역시 너의 풍경이 되어 언제까지나 너를 기억하고 기다리겠지. 네가 오지 않아도 괜찮다. 기적을 기다리는 동안 기적은 이미 이루어졌으니까.

캄캄하고 두려운 길로 나서는 모든 이를 응원하고 싶다. 책으로 엮어낼 수 있도록 다정하게 도와주신 박지현 편집장과 문학과지성사에 깊이 감사드린다.

2024년 9월

손홍규